に行った時
食べるものがどれも
美味しくて幸せでした。
今でもよく思い出します。

在台灣吃到的食物，
每一道都無比美味，
讓人備感幸福。
至今依然回味無窮。

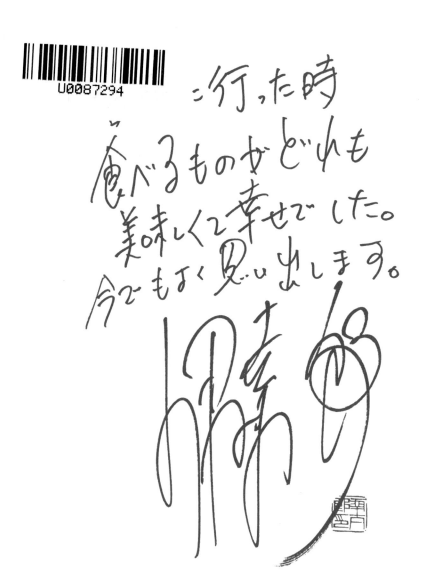

反蘇格拉底

逆ソクラテス

伊坂幸太郎

鄭曉蘭 譯

CONTENT

反蘇格拉底

逆ソクラテス

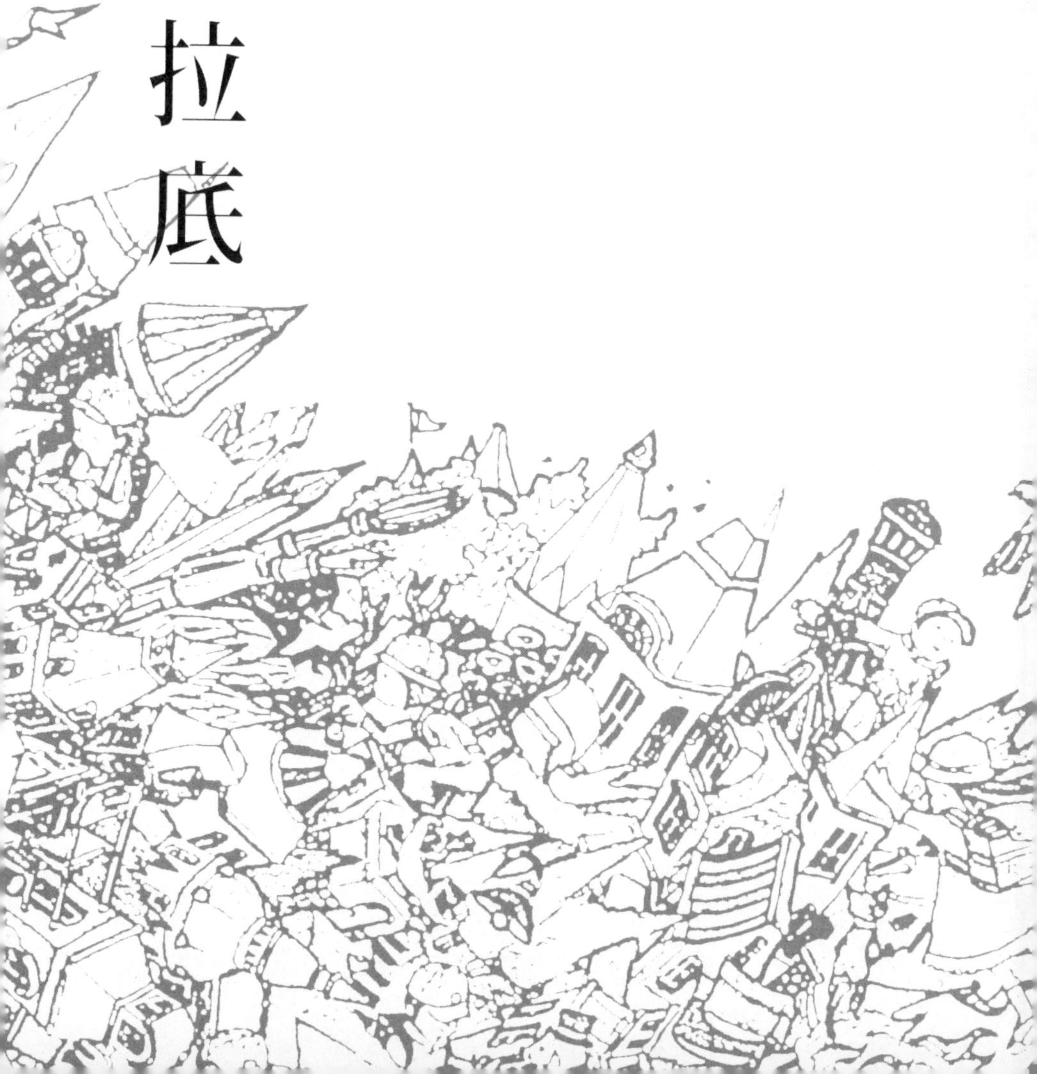

★

我在客廳沙發坐下，操作從餐桌拿過來的遙控器。剛買的大螢幕電視還沒融入其他家具的整體氛圍，就像是高高在上的轉學生，而且還是從東京都心轉到鄉下地方的學生，散發著不諧調感。不是才剛關嗎？彷彿也能聽到電視苦笑說。

耳邊響起主播實況轉播的聲音。那清晰的聲音流暢述說著並非特別有新意的評論。

職棒冠軍爭霸賽也已經邁入最後決勝階段。直到夏季尾聲，首位的東京球團始終獨占鰲頭，然而第二名球團也展現驚人的急起直追之勢，現在已經追到只剩兩場比賽的勝負差。這場比賽自然也是萬眾矚目的吧。即便隔著電視螢幕，還是能感受到觀眾炙熱的情緒。

東京球團的投手以揮臂式投出手中的球，打者沒打中，裁判宣告好球。

螢幕出現的計分版上並列著零，佇立於八局上的投手丘上，以現役最高年薪傲視業界的王牌看來威風凜凜。

站上右打打擊區的是第三位打者。體格壯碩卻有張娃娃臉，據說確定是本季打點與全壘打雙冠王，擁有眾多女粉絲。打者碰碰耳朵，舉好球棒。

第二球被投出。幾乎就在同一時間，打者身軀優美旋轉，隨即傳出聲響。擊中了，轉播的主播發出高亢的聲音。

球擊中後的飛行距離滿長的，攝影機追著球，投手以一張苦瓜臉回頭張望。

球朝著中央看台最深處的觀眾席飛去，然後落下。球在空中劃出長長一條拋物線，所有觀眾莫不緊追著那顆球的移動。

以背影示人，往前狂奔的是，甫以守備主力之姿加入隊伍的選手，他個頭雖然不大，但是以奮戰到底的堅韌與選球眼光展現良好打擊率。他在本季原本都是隊伍的原動力，卻因為違逆過於專斷獨行的教練，常被摒除於首發陣容之外，體育報或粉絲也常因此為他打抱不平，抱怨教練因為個人恩怨，拖累球隊，到底是何居心。這位中外野手正飛快狂奔，那樣的高速彷彿在發洩平日與教練對立累積的鬱悶。

怎麼可能被你逮到呢！那顆球彷彿這麼說著進一步加速。

中外野手朝中外野圍欄跳去，騰空飛躍，身體在半空中往後拉直，然後著地。球呢？持續注視眼前這一切的觀眾鴉雀無聲，同時都在想這個問題。球在哪裡？

所有觀眾屏息以待，短暫時間過後，中外野手高舉的左手手套中露出白色的球。觀眾席響起足以撼動場內空氣的巨響。

中外野手彎曲前臂，當場做出彷彿用全身力氣緊握飄浮在空中的透明寶物一般的動作。看來也像是迷你版的勝利握拳。然後，他用雙手抹臉，像在嘩啦嘩啦洗臉的動作之後，隨即豎起兩根手指。

我按下手中遙控器的電源開關，大螢幕電視發出微幅嘆息似的聲響，畫面隨之轉黑。

★

國高中的回憶，不論好壞，大概因為有很多都是思春期特有的羞愧往事，所以伴隨著實際體驗。不過，只要想到小學的事情，總是模模糊糊的。

儘管小學六年級那幾個月的事也是重要的記憶，如果嘗試回想，感覺就會像在閱讀某個地方的其他人的冒險奇談。

那一段一段斷片式的場景，會逕自隨著回憶冒出來、逐一排列下去。

陡然浮現的是上課面對桌子在考數學的自己。

坐在桌前，面對考卷，拚命壓抑激烈心跳的我。成績或運動全都普普通通，在班上並非醒目的存在，也不是被疏遠的存在，當時的我就是這樣的孩子。隨著從國中到高中，然後一路升大學，成績慢慢地也沒什麼好拿來說嘴，運動也是慢慢地只能做到平均動作，開始過上頹廢生活後，也能說「小學時期還算是好的了」。

導師久留米——希望大家從直呼名諱這點，體察到我對這個導師的感覺——最後總會留下兩道難題，所以很難完全答對。除此之外的題目，憑我的腦袋也能解開。接下來，就只等久留米說：「好了，到此為止。從後面把考卷傳上來。」

依循往例是要這樣做沒錯，但當時的情況不同。

我的左手握著一團小紙片，那是右邊座位的安齋傳過來的。紙條上寫著數字，那是安齋寫的小字，每個問題都以逗點區隔，寫著考試答案。

「我會把那張紙條傳給加賀，加賀再傳給隔壁的草壁喔。」安齋之前這麼指示我。

冷靜！內心每次這麼高喊時，心臟就背道而馳地強烈鼓動。要是被久留米發現的話怎麼辦？說到底，小學生的時候，老師就是絕對正確的存在。我們相信，老師是指導、教授我們正確答案，幫我們修正錯誤的人，所以老師是不容懷疑的。

更何況，久留米擁有獨特的威嚴。不僅體格好，五官也像演員一樣端正，牙齒又整齊。那時候的久留米，應該三十五歲以上不到四十，比我的父親還要年輕。

儘管如此，對我而言的他，仍擁有比父親年長許多、嚴格許多的恐怖父親形象。久留米從五年級開始是第二年擔任我們的導師，每次被他喊到名字還是一樣緊張。不只是我，班上所有孩子的身上似乎有某一部分持續委靡不振。就是這種感覺。

事前明明跟安齋他們演練過了，我想。不，事實上，我當時可能甚至沒有多餘心力想這些。心跳聲充塞整個腦袋。

佐久間舉起手。她是全班最高的女生，眼睛大大的，無可諱言就是個美女，換句話說是全校最受矚目的那種類型。父親是著名電信公司董事，偶爾也會在電視上露臉，對於區域經濟貢獻良多；她的母親則熱心投入教育，是常對學校做法下指導棋的人物。基於以上種種理由，校方也對佐久間另眼相待。

「老師。」佐久間以明確的聲音說。

「怎麼了？」

「這裡的影印，看起來很吃力。」

一切按照計畫進行，她下定決心了。那個佐久間是不顧風險，想掩護「作弊戰爭」。既然如此，我不做怎麼行呢。

就在久留米走到佐久間身邊，彎下細長身軀注視考卷時，我悄悄伸出左手，將紙條放到草壁桌上。我的姿勢維持不變，只有左手臂靜靜移動。雖然不是大動作，總覺得非常醒目。

「為了避免正式來的時候會緊張，就是要事前一直好多次、不斷地練習，練到身體可以自動動作喔。」

我按照安齋的建議，一週前開始每節下課就練習，讓手靜靜伸到隔壁草壁座位的練習。

雖然整個人沉浸在完成使命的放心感，為隱藏反而變得更強烈的心跳，我的臉頓時貼近考卷。

計畫當初，我提議說：「反正都要傳紙條了，把答案寫在紙上的工作，也由我來不是比較好嗎？」如果是數學考試，我也有自信能拿到一定高分，而且與其要經過安齋寫出答案然後傳紙條給我，再由我傳給草壁這兩個階段，不如由我寫出答案直接傳給草壁還比較順暢。只是安齋堅持說：「這樣不對，」還說：「分工合作比較好。而且比起草壁隔壁的加賀，隔壁隔壁的我，心情上也比較有餘裕，比較容易寫出答案。」

安齋的解讀很敏銳。事實上，要我在考試時自己把答案寫在紙條上，根本強人所難。我可能會因為過度緊張而當場昏倒。

至於左邊的草壁接過小抄後採取了什麼樣的行動，我已經不記得了。總之就是因為實行作弊的罪惡意識，還有不顧危險採取行動的高昂情緒，一個人在那邊心跳不止。

★

我也記得到美術館那時候的事。我去了，兩次。第一次，不知道是在作弊戰爭之前，還是之後？無論如何，應該就在那段時間就是了。畢竟，那也是整個計畫的一環。

「加賀來過這間美術館嗎？」安齋問。我老實回答：「我連這棟是幹嘛的都不知道。」我也不可能對繪畫有興趣，雖然知道學校附近有座形狀不可思議的龐大設施，卻從來不覺得自己會跟它有緣。

當我們走進館內，我反問安齋有沒有來過。結果那聲音在廣大館內響亮迴盪，我嚇了一跳，背脊發涼。這裡的人雖然零零星星，但是好像所有人都屏住了氣息，讓人不禁懷疑是不是只要發出腳步聲天花板就會崩塌，然後會有個巨大的惡鬼探出頭來說：「找到你了呦。」接著一口把人吞掉。這裡不論是誰都害怕發生這種事情。這裡，就是寂靜到讓人會這麼想像。

「有空的時候常會來看畫。」安齋這麼說。雖然也太簡單了，但我因此變得好尊敬他。

我整個人手足無措，只管跟著安齋，所以也不清楚詳細狀況，不過那應該是常設展吧。我們背著書包，穿過住在當地的抽象畫家作品展覽區。

「這畫，好像是當地畫家的作品耶。」安齋輕聲說。

「我也不知道啊。」我提心吊膽地呢喃答道。

小六的四月才剛從東北地方[1]轉學過來的安齋還比較瞭解當地狀況，實在丟人，不過我只覺得「安齋真是個萬事通」。

「據說是抽象畫很有名喔。我上次來的時候，問過學藝員姊姊，這個畫家在海外好像也有很好的評價。」

對於當時的我而言，別說「抽象畫」了，就連什麼「學藝員」[2]、「海外」都是未知、遙遠世界的詞彙。

「這樣喔～」我假裝很懂地回答。「這種像塗鴉一樣的東西，很厲害喔？」

我不是要幫小學那時的自己說話，那畫實際上就真的很像塗鴉。有看來像線條的東西，也有像漩渦的東西，藍色與紅色到處亂噴。

安齋已經走到裡面去了，所以我也跟上去。美術館的工作人員大概認為，有時會來逛逛的安齋是「喜歡畫的孩子」，並不覺得放學的我們出現在這裡有什麼可疑，反而較常瞇著雙眼，像在看「熱心學習的孩子」。

我們在並列著素描的牆壁前停下來。那全是約明信片大小的三張小品，都沒有著色，感覺像是潦草的草稿。我的感想不禁脫口而出：「這種東西我好像也畫得出來。」

安齋問：「你真這麼想？」

「感覺畫得出來喔。」

「其實這個，小孩子是畫不出來的喔。」

「是嗎？」

「就是因為具備素描能力，才能崩解成這樣的。」

安齋這話是什麼意思，我當然不明白。「可是，不覺得好像畫得出來嗎？」我執拗回嘴。

安齋因此像是滿足似地點點頭。「說到重點了呢。」

1. 意指日本本州東北青森、秋田、岩手、宮城、山形、福島等六縣。
2. 日本須經過國家考試認證的資格，意指在博物館（包括美術館、天文館、科學館、動物園、植物園、水族館等）工作的專業職員。

「重點？什麼東西的重點？」

安齋沒有回答我的問題，環顧四周。會場角落有張椅子，有個工作人員坐在那裡好像在負責監控展場。

如果我的記憶正確的話，後來那天我們就離開了美術館。

我就是在回程路上邊走邊聽安齋提起那個作戰的內容。

下一段記憶的場景又是美術館。我們抽空第二次造訪那裡，又是站在常設展展場的角落。身旁的安齋說：「好，輪到加賀上場囉。」

「欸？」

「去啊，照我說明的那樣。」

「真的要做喔。」

「當然啊。」

接下來的事情我其實記不太清楚了，內心殘留的印象比執行數學考試的作弊戰爭場景還要曖昧模糊，就像籠罩在縹緲的煙霧之中，恐怕是過度的罪惡感與緊張沖淡了現實感吧。

我跑去跟會場角落的工作人員攀談。「那幅畫是在畫什麼呢？」我指向入口附近的作品問。女性工作人員對小學生的我展露驚訝與微笑，起身走到畫前，親切地對我說明了一些事情。「要盡可能問問題，越多越好。」我事前被安齋這麼吩咐，所以拚命動腦，對工作人員拋出好幾個問題。話雖如此，我也是有極限的。還記得我的話題沒兩三下就用光了，只好僵硬地道完謝，然後快步離去。我後來是在出口附近與安齋會合的。

「怎麼樣？畫呢？」我壓抑興奮的氣息，看著他的手上。有個包袱巾。

安齋擬定的作戰是這樣的。

「加賀去引開工作人員的注意力，我同時用別的畫把美術館的畫掉包，然後帶走。」

★

我對於安齋的回憶有濃淡之分。回想四月，轉學來到班上的他就像輪廓模糊的影子；但是安齋在放學後的操場上反駁土田「我並不這麼覺得」的表情，至今仍鮮明烙印腦海。

那大概是作弊戰爭一個月前的事吧。我們放學後在操場踢足球，安齋也加入了。

轉學過來的安齋並不冷淡，但是也不能說多有親和力，只要我們問「要不要一起玩」，三次有一次會參加，不過也沒積極到會主動說「讓我加入」。看起來不像樂在其中，也不像覺得無聊，光看他上課時的發言或考試結果感覺腦袋很好。話雖如此，又不是個引人注目的人。

事到如今，我才瞭解那是長期以來「一年被迫轉學一或兩次」的安齋，透過親身經歷所培養出的處事之道。他非常擅長與同學保持距離。

那一天，同班的六個男生把圍繞在操場四周的圍網當作球門，開心地踢起足球。當下氣氛頗為白熱化，和往常不同的是，由我射門成功。因為，安齋傳了幾記好球給我，不過我也是到隔天才察覺到這件事，那時候就只是非常開心地認為「突然變得好順喔」。

「竟然會被加賀這種咖射門得分喔。」感覺很不爽，大聲這麼說的是土田。父親據說是報社重要人物，也不知道這有沒有關係……不，我相信一定有關係，不論何時他都以高高在上的態度看待同學。土田說出口的有七成都在自吹自擂，剩下三成則都是在輕視、嘲弄別人。總之，他的發言全都在主張本身地位高於他人。跟土田說話時，我自己都會小心翼翼的，很少覺得開心，更何況……其實應該說正因為如此吧，他在班上是擁有影響力的。

足球踢到一個段落，正當他巴拉巴拉說著「然後咧，要再來一局嗎」、「還是要回去了」，看到不遠處正要走出校門的草壁身影，他戴著東京職棒隊伍的棒球帽。我是後來才知道的，據說他那時唯一的樂趣就是在家看職棒實況轉播，然後一看到全壘打或精采表現就模仿選手的樣子。或許是將棒球選手活躍的身影強加在自己身上，想藉此忘記無聊的現實生活吧。

「喂，臭草壁，草壁小女生。」土田高聲道。草壁好像聽到了，慌慌張張離去。

「草壁小女生？」安齋一臉認真地看我。

要是再被問一次也很困擾，所以我說明：「他從以前就被這麼叫了。大概小三那時候吧。草壁穿著粉紅色衣服來上學，看起來就像女生。」

「穿粉紅色，所以是女生？」

土田與身旁的同學對看，表情隨之僵硬，可能是覺得安齋在頂嘴吧。「本來就是啊，大概都是這樣的嘛。」

「我並不這麼覺得耶。」

「什麼東西啊你。」土田生氣地說：「有什麼問題嗎？我看你也是女生吧！」

我畏畏縮縮的，不知道該怎麼辦。沒想到安齋會這麼強硬地堅持己見。

「而且一開始根本就是老師說的耶，三年級那時候，久留米老師說的。」土田嘟著嘴。

我也記得那時候的事。久留米當時是高年級導師，只是正好在全校集會時看到穿著淺粉色毛衣的草壁，就對他說：「你穿的衣服好像女生的衣服呢。」那不是嘲弄，而是像在朗讀教科書的語調，周遭同學頓時一齊爆笑出聲。

「喔～」安齋發出了終於瞭解來龍去脈的聲音。「久留米老師也有這一面呢。」

「這一面，是什麼意思啊?!」土田情緒激昂。

「對很多事情主觀認定。」安齋說。我回以一聲「欸」。主觀認定？這是什麼意思？我本想繼續聽下去，土田卻立刻開始大做文章說：「你，現在是怎樣？是瞧不起久留米老師囉！」安齋的話也因此中斷。

「沒有啊，我這又不是在講久留米老師的壞話。只是……」他繼續說。

「只是？」這是我問的。

「我不覺得只因為穿粉紅色就是女生。」

「粉紅色就是女生啦。」

「那紅鶴怎麼辨呢？看起來大概都像女生啊。這樣又有什麼問題呢？」

「明明是男生，看起來像女生，這一定很怪的啊。」

「這是土田覺得吧。只是，我可不覺得。不論是像女生的男生，或是像男生的女生，都不奇怪。你覺得地球上有多少人呀，所以有各種不同的人也是當然的啊。所以也有像土田這樣的人。」他像循循善誘似地，一句話、一句話清清楚楚地說。我，並不覺得，奇怪。

★

場景轉換。那是我家附近的兒童公園，我忘不了安齋在那裡跟我說過什麼，詳細對話按照往例已經模糊，不過大致上應該是這樣的交談。

「我問你喔，加賀。」安齋屁股坐在鞦韆上同時擺盪著，我站在他旁邊的鞦韆上，彎曲膝蓋，開始慢慢越搖越高。「假如說，加賀都一直穿骷髏頭衣服。」

「蛤，什麼東西？」我已經開始用力盪鞦韆，以為自己聽錯了重要詞彙。

「骷髏頭衣服啦。你覺得呢？」

「覺得什麼？」

「然後穿到學校去，假如久留米老師或土田就這樣說：『加賀穿骷髏頭衣服耶，好土喔。』」

「那……」我想像著。「不喜歡啊，可能會不好意思吧。」

「對吧。然後，全班大概就會這麼想吧。『那個，加賀穿的骷髏頭夾克好土。』然後會覺得『加賀是個很土的人』。」

「嗯，大概會這樣吧。」

「可是，你想想喔。那什麼骷髏頭很土的發言，根本就不是客觀評價啊。」

「客觀，是什麼意思？」

「就是不管誰來看，都是絕對正確的意思啦。有人覺得骷髏頭的打扮很酷，也有人覺得很土。感受又不是固定的，又不是什麼正確答案，這跟一加一等於二完全不一樣。」

「嗯，說得也是啦。」

「我們就是忍不住會受到其他人的影響。比起自己怎麼想，會更在乎大家怎麼想。你要是被人家說『骷髏頭很土』，就會忍不住這麼覺得，而且就再也沒辦法穿這種衣服了。」

「我沒有骷髏頭夾克就是了。」

「一直以來我去過很多地方，上過很多學校。不管到哪裡都有這種傢伙耶，用很了不起的態度亂貼標籤說『那個超土』、『這樣不酷』。」

「會那樣喔。」

「然後呢，有個方法可以不輸給那些傢伙喔。」

那個時候，我已經下了鞦韆，站在安齋面前。就像是請人教導電玩秘技，請人傳授如何模仿校長先生一般，內心或許存有這樣的心情。

「『我並不這麼覺得。』」

「欸？」

「這句台詞。」

「這就是秘技？」

「沒這回事。」

「例如說好了，加賀爸爸被公司炒魷魚了。」

「我是說例如喔。然後呢，有人就對你說，真是個窩囊的爸爸啊。旁邊的同學也會稍微笑出來吧。加賀這時候，只要這麼回嘴就好了。」

「怎麼回？」

「就說『我並不覺得窩囊喔』。」安齋用信心滿滿的方式說。「不慌不忙、慢慢說，好像要把這句話好好刻在對方腦子裡一樣。」

「這樣做會有效果嗎？」

「有喔。畢竟，加賀爸爸窩不窩囊，每個人的感覺都不一樣，不能由誰主觀認定的。我們可以說『加賀的爸爸沒有工作』，但是不知道『窩不窩囊』。說到底，那些傢伙對加賀的爸爸根本什麼都不知道呀。所以才要清楚表明。要說，我，並不這麼覺得。因為你想的事情，是不能由其他人來決定的。」

那個時候的我，應該只是「喔～」一聲，弱弱地回應。對於安齋所說的，只是一知半解。

安齋後來又更進一步，開始說起那件大事。

「久留米老師就是那種典型喔。」

「典型？」

「相信自己是正確的。主觀認定事物，然後也想把本身想法強行套在大家身上。不知道他是故意還是下意識，結果班上所有人都受到久留米老師思考的影響。你想想，草壁那件事情也一樣，久留米老師貼上的『老土』標籤，就成了所有事情的開端。」

「他沒說老土，是說像女生啦。」

「我轉學過來以後都在觀察，發現久留米老師常對草壁表現出很看不起他的態度。」安齋繼續說。像是解題好了，相同問題草壁答對的時候，老師就會評論「可能是問題太簡單了吧」；如果是優秀的佐久間作答，就會得到很多像「妳很清楚呢」這種正面的評語。本人就不用說了，光是這樣還能讓同班同學產生特定印象。草壁永遠不會被老師稱讚，佐久間或土田都會被老師稱讚。最後草壁就會消沉下去，周遭所有人會這麼想。草壁是比自己更低下的人，稍微輕視這種人也不會有問題。

「正好前幾天，我就在電視上看到了。」安齋說。

「看到什麼？」

「是叫什麼去啦？老師……老師效果，是老師期待效果嗎？」

「我才不知道咧。」我立刻搖頭。

「叫做老師期待效果、還是原則之類的，反正有那種東西就對了。只要老師懷抱『這個學生將來好像會變得很優秀喔』的想法，一邊與學生相處，實際上就會變得很優秀喔。」

「欸，是喔？」

「唔，也不是說絕對都這樣啦。只是，一般學生就算解不了題，老師也不會把他們放在心上。換成那種期待著『會變優秀喔』的學生出錯，可能就會鼓勵他們吧。或也可能會熱心陪學生一起解題；每次做到什麼，就給予大大稱讚。這些行為，都會幫助學生真的慢慢變得優秀。」

「原來如此，好像會有這種事耶。」

「相反的事情也是有可能的喔。如果抱著深信『這個學生沒用』的心情來對待學生，就算那個學生做出什麼好事，大概也會覺得『碰巧而已』；要是做了什麼壞事，可能會覺得『果然如此』。聽說預言成真的道理就跟這種情況很類似。老師對待學生的方式，可能就是這麼有影響力吧。」

「這跟疾病源自於氣的想法是一樣的嗎？」

安齋坐在鞦韆上，一邊雙手抱胸發出「嗯～」的低吟，一邊說「可能有點不一樣吧」陷入沉思。

「打斷你說話，抱歉。」我那個時候也不知道是怎麼說的，總之就是催促安齋繼續說。

「考慮到這一點，頭號敵人就是……」

「敵人？」我的腦海頓時浮現無法控制的龐然巨獸。

「敵人就是先入為主的觀念呢。」

「先入為主的觀念？」我不懂這句話的意思。
「也就是，主觀認定喔。」
「什麼東西？」
「我們來摧毀久留米老師先入為主的觀念吧。」

★

「還是不要比較好吧，」我對佐久間說。「別加入我們的作戰比較好啦。」
佐久間在分類上很明顯就是「女資優生」，深受父母跟老師疼愛，這時候做出無謂的事情來，讓人懷抱糟糕印象並非上策。即便笨拙如我，我想當時還是曾經這樣極力主張。
「沒有好處，完全沒有喔。」
草壁好像也很認同地點頭。
「可是啊，」佐久間發出有點緊繃的聲音說。「我也稍微想過，久留米老師這人有時候怪怪的呢。我明白他根本就是在歧視小孩。」
「不愧是佐久間，很敏銳。」安齋拍了手。

那時，的確是在我家沒錯。

為了商量安齋的計畫，與其說是商量或作戰會議，更像在確認彼此「要做喔」的態度，類似團結儀式，草壁就不用說了，佐久間也來了。直到高中畢業，我家二樓那間南向的木質地板房間都是我在用，現在回想起來，那個小六的佐久間或許是唯一到過我房間的女生。媽媽比平常更繃緊神經、手忙腳亂地送點心到房裡來的那些舉動，跟我難為情的感覺一同留在了回憶裡。

我已經記不清楚，為什麼佐久間後來會來幫忙了。有段記憶好像是我叫草壁放學後留在教室說話，偶然發現的她探頭過來問「在說什麼」；另外想到的就是我們正在說話時，安齋碰巧發現她站在我們後面，就問她「要不要也加入」，就這樣把她拖了進來。所謂的回憶就是模糊籠統的東西。不過至少可以確定的是，佐久間自告奮勇說：「若不麻煩的話，我想幫忙。」

深獲老師或家長信任的資優生佐久間，就算協助我們的作戰也不會有任何收穫的喔，我這麼呼籲。只是，她卻以平靜的神情主張：「那個久留米老師跟我媽媽一樣，感覺上就是深信任何事情都是自己正確，所以我本來就想著總有一天要跟他們說『那是不對的喔』。」

然後，我們的作戰會議就此展開。

安齋率先宣布的內容如下。

這不是為了草壁而做的。

這不是為了草壁的作戰。

「欸？」我很驚訝。

佐久間也一樣。「怪了，等等喔，安齋。這不是想藉由作弊讓草壁考到好分數的作戰嗎？」她困惑地說。

「作弊」這個詞彙發出巨響，讓我頓時心驚肉跳，害怕樓下的媽媽會不會聽見。

「並不是那種作戰。」安齋說。

「那是怎樣？」

「所以是幫草壁拿到好分數，讓久留米老師嚇到？」我問。

「是。但是，可能有點不一樣。不是想讓他嚇到。」

「那是什麼？」草壁也說。他雖然不高，體型卻不瘦弱，只是眼睛小小的，而且大概因為平常始終唯唯諾諾，不論做什麼，看起來都感覺弱不禁風，一摘掉棒球帽，被壓扁的髮型更凸顯出那弱不禁風的感覺。

「我之前也說過，久留米老師的問題在於認為自己的判斷是正確的。」

「要是不認為自己的判斷是正確的，不就糟了嗎？」

「也有些情況是主觀認定吧。他不重視草壁，就是因為認定草壁是個沒什麼了不起的孩子。」

在草壁面前直接這麼說好嗎？那時候的我還滿糾結的，沒辦法直視草壁的臉，結果草壁本人倒是以一副認同的神情，「嗯、嗯」地點頭稱是。

安齋此時又說了一次老師期待效果。「說到底，草壁會這麼消沉，也可以說是久留米老師的對待方式造成的。因為一旦老師認定這孩子沒用，很多時候就會真的變得沒用。」

「然後呢？」

「要是再這樣下去，我想久留米老師根本不會懷疑自己的判斷是否正確、是否有錯，還這樣繼續老師的工作。」

「應該吧。我看我媽也是這種感覺，大人的想法啊，就是不會改變。」

「這世上明明就沒有完美的人，卻覺得自己是完美的、不可能有錯，還什麼都懂喔，這才是最糟糕的喔。以前的蘇格拉底也這樣說過。」

「蘇格拉底？」

「『光是知道自己什麼都不知道，這樣的自己就夠好了』，他好像這麼說過喔。」

「自己？知道自己不知道？」安齋的話聽來就像繞口令，我也慌了。

「簡單來說，意思就是覺得自己什麼都知道的傢伙沒有用喔。」

「那個蘇格拉底是柏拉圖的老師吧？」佐久間說。

「嗯，對啊。」

「那從『老師』這層意思來說，久留米老師是蘇格拉底囉。」

「草壁，不是的，我剛剛也說了，蘇格拉底先生知道自己不是一個完人喔。久留米老師是對照組喔，相反。」

「是喔，相反啊。」草壁認真地回答。

「所以，」安齋以清晰的聲音說。「我們這次要徹底翻轉久留米老師先入為主的觀念。」

「那個先入為主的觀念，是什麼意思？」草壁這麼一問，安齋就以一副「你來負責回答」的眼神望向我。「就是主觀認定的意思喔。」彷彿這是常識般，我這樣說明。

「大家聽著，想想喔，要是草壁有什麼事情表現活躍，會怎麼樣呢？」

「我嗎？」

「久留米老師應該會覺得『怪了？』，他可能不會在大家面前承認，可是內心會出現『怪了，我之前的認定都錯了嗎？』。不覺得會這樣嗎？」

「沒錯。」我跟佐久間立刻回答，草壁也點頭。

「如果是那樣的話，假如明年久留米老師變成其他班的導師，想認定什麼孩子沒用的時候，應該就會踩煞車了吧。」

「煞車？」

「他可能會開始覺得，自己的判斷說不定是錯的呢。」

「你是說他會開始覺得，畢竟草壁都跟預期相反，表現變活躍了？」佐久間覺察力很強。

「對。所以，這並不是為了草壁。作弊拿到好分數，實際的能力也不可能因此提高，對草壁來說根本不能說是好事吧。這麼做，只是為了久留米老師以後教的學生。因為，以後想對小孩懷抱先入為主的觀念時，就會變得比較慎重吧。」

「原來如此啊。」佐久間認同地說，然後咬下我媽媽拿來的煎餅。家裡有女生在吃東西感覺格外新鮮，內心有點小興奮。

「是喔，不是為了我，」草壁的聲音至此變得稍微堅強。「是為了以後的小孩，對吧。」

「是啊，對草壁不好意思就是了。」

「不會，我也覺得這樣比較好。」

這是草壁首度對我們敞開心房的瞬間。

如果，那是例如「想為校園生活很沉悶的草壁，創造美好回憶」，出自像是憐憫的動機而發動的計畫，草壁應該不會加入吧。就算參加，應該也是因為無法反對我們躍躍欲試的拚勁，勉為其難才幫忙的吧。安齋的目的並不是為了拯救草壁，而是為了將來的學弟妹。正因為自己也能成為拯救他人的人，草壁後來才會開始感興趣的吧。

佐久間伸手拿起盛裝可樂的玻璃杯，隨即輕聲冒出這麼一句：「不是這種時候就不能喝，還真開心呀。」

「妳在家不喝啊？」

「因為媽媽討厭垃圾食物，可以說是她主張健康第一吧。」佐久間說完便將可樂送進嘴裡。

旁邊的草壁則把手伸進大大敞開的袋子，大口吃了一把零食。眼見他低喃著：「好吃。」手又再次伸進袋子裡。

「草壁家也是主張健康第一嗎？」我不經意一問，他的嘴脣諷刺地輕揚，挑選詞彙後說出：「是主張節約第一。」接著吐了口氣，像是看開了什麼似地笑說：「是主張還債第一。」

「所以，安齋對於這個計畫思考到什麼程度了呢？」小六時在我家裡，佐久間確實是這麼說的。「就只有讓他考一百分，讓老師嚇到而已嗎？」

「不，光是那樣，久留米老師不會太放在心上，而且搞不好還會想說是草壁運氣好矇到而已。不接著再來一次不行。」

「再來一次？你是有什麼點子嗎？」

「現在在考慮的是……」

「什麼？」

「我覺得啊，所謂的『先入為主觀念』，會對沒辦法有明確答案的東西，造成強烈影響呢。沒辦法用數字顯示結果的東西。相反地，我們容易操作的東西，就是這種曖昧的部分。」

「曖昧？」

「像是……」安齋說到這裡，喝了可樂。「畫。畫的評價，是沒辦法用數字來決定的吧。」

★

草壁的數學考試拿到將近滿分。我已經記不清楚，久留米對這樣的結果是什麼反應了。不，也有記得的部分，不過並不是我們所期待的那種讓人拍手叫好的反應。

老師會先唱名，等孩子來到前面逐一發還考卷。也有老師會對孩子說幾句話，像「這次很努力呢」或「好可惜喔」，不過久留米幾乎不會開口。成為公司職員之後，當我望著影印機的分頁功能時，總覺得小時候在哪裡看過，原來那與久留米發還考卷的樣子一模一樣。

他那個時候，也是興趣缺缺地叫出「草壁」。我或安齋為了避免讓人發現我們表現不自然，都刻意假裝不在乎，沒看草壁。

一放學，我們就把草壁帶進公園問他：「久留米老師的反應怎麼樣？」

「什麼反應都沒有。」草壁逕自搖頭。

「什麼都沒對你說？」

「什麼都沒有。」

「但是，」佐久間這時候說話了。坐在鞦韆四周欄杆上的她，讓我體內萌生一股七上八下的騷亂感。「但是啊，就我看來，久留米老師很在乎草壁的反應耶。」

「欸？」

「不知道他是懷疑還是驚訝就是了，就是，之前不是有蜜蜂跑到教室裡嗎？那時候，久留米老師想把蜜蜂趕出去，他的表情就跟那時候很像。」

「妳是說，像是怕蜜蜂一樣？」安齋說。

「所以他怕了？」

「也不是那種感覺，表情就像是在好好觀察，在想該怎麼辦才好。」

「原來如此。」安齋滿足地縮起下巴。「如果是那樣的話作戰就成功了。先入為主的觀念已經崩塌動搖了，我們必須趁勝追擊。」

「是嗎？」草壁總感覺沒有自信。

「可是，要是安齋跟草壁的考卷一樣，久留米老師不會起疑嗎？」

「那個沒問題。」安齋稍微前後晃動著，或許是因為坐在鞦韆上。

「我自己的考卷，有故意答錯。草壁是九十分，我七十五分，不會起疑的。佐久間幾分？」

「我一百分。」

不愧是妳耶，我反射性發出聲音，卻像在討好大小姐一樣，很丟臉。

「好，那進行下一個作戰了。」安齋說。

「是你上次說的那個繪畫作戰吧。」佐久間探出身子。「我只要去跟媽媽說，希望今年跟去年一樣能辦素描比賽，這樣就好了吧。」

「只要佐久間的媽媽順口跟久留米老師提一句，今年可能就會辦了。」

所謂的素描比賽，是讓孩子用鉛筆或炭筆素描家裡的東西或外面的景色，然後帶來學校，舉辦簡單的評選會。久留米老師的用意，好像是若出現什麼好作品也能拿去報名地方政府舉辦的比賽，因此實際上似乎還滿獲得家長好評，其他班級也就跟著辦了起來。

「啊～可是草壁對畫畫不是很拿手嗎？」佐久間好像突然想起來似地大聲說。「剛上五年級的時候，不是在課本裡畫了車子？那個很可愛，很厲害啊。」

草壁沒料到會被這麼說，全身僵硬。他脹紅了臉，一動也不動。草壁僵住了耶，我指向他，安齋的表情也隨著和緩。

「久留米老師看到那個畫，就生氣地說『給我擦掉』，」草壁終於冒出這麼一句話來。「他說『別在課本裡畫這種糟糕的畫』。」

我望著安齋。

「你被這麼說，覺得怎麼樣？」

「唔，就覺得我的畫很糟糕耶。」

「是吧。但是，那只是久留米老師自己的感想而已啊，」安齋的雙眼閃耀光芒，於是再次針對那句老台詞「我並不這麼覺得」，發表了一次演說。「所以呢，下次如果再發生同樣的事情，用橡皮擦擦掉的同時，也絕對要說出來喔。要說『我並不覺得這是糟糕的畫』。就算說不出口，也要在內心這麼默唸比較好。」

「只在心裡想也可以喔？」

「那是很重要的喔。不可以就這樣接受，覺得絕對是這樣。」

★

我是在美術館勘查地形後的回程，第一次聽到安齋計畫的「繪畫作戰」。內容如下。

把孩子的素描收集來的久留米，會把作品貼在教室牆壁上吧。如果做法跟五年級一樣，就會是這樣。然後發給所有人評分紙，讓學生寫出自己覺得最好的作品號碼還有感想並發表。

「所以這次呢……」安齋說明。

「這次怎樣？」

「要用草壁的名義交出其他的畫。」

「其他的畫？」

「就是在美術館展示的、當地畫家的畫啊。」

聽到這話的我嚇壞了。應該說是啞口無言。「欸？」我用呆滯的聲音反問。

「等一下喔。意思是說，是要去拿剛剛的畫嗎？」

「該說是拿嗎？只是借用而已啦。」安齋乾脆地說。

「你說要借，美術館是可以借畫的嗎？」

「怎麼可能，」安齋秒答。「又不是圖書館。只能偷偷借啦。」

「怎麼偷偷借啊！」

結果安齋就說出用其他畫去掉包的計畫，讓我又陷入一片茫然。我會去居家用品店之類的，買一張便宜的畫來，然後拿去交換，他說。

「總之，就是以草壁的名義，把那個畫家的畫交出去。」

「那會怎樣呢？」

「我或加賀在比賽的時候會稱讚草壁的畫，就說『我覺得那幅畫很好』之類的。那麼一來，久留米老師一定會挑毛病的。」

「你是說對畫？」

安齋用力點頭。「如果深信是草壁畫的，絕對會認定那是糟糕的畫。應該會說什麼『看起來就像漫畫耶』，來貶低那張畫。」

「會嗎？」我沒辦法單純點頭。「做到這樣一定會發現的啦。」

「你可別小看人的先入為主觀念喔。而且聽說，人就是會想要相信自己的判斷是正確的。」

「怎麼說？」

「久留米老師已經把草壁判定成沒用的孩子了吧。那樣的話，之後就只會看草壁失敗的地方，然後覺得『草壁果然沒用』。慢慢地，就只會接受那些可以讓本身判定或抉擇說得通的事情。特別是畫的好壞，之前也說過了，是很曖昧的吧。根據判斷者的心情，看起來可能好也可能壞。像加賀也是啊，剛剛的畫，如果不說是有名畫家的作品，只覺得是塗鴉吧。你不是還說，如果是這種畫，自己好像也畫得出來嗎？」

「是這樣沒錯啦，」我為之語塞。「那，如果像安齋所說的，久留米老師說那張畫很糟糕，再接下來打算怎麼辦呢？」
安齋嘴脣舒緩。比起單純的笑容，更像是藏在體內的惡作劇蟲子慢慢現身。
「那樣的話，我就會找個時機說出來喔。『啊，老師，我現在才發現，那張畫搞不好不是草壁的畫耶。』」
「欸？」
「那不是美術館的畫嗎？像這樣告訴他。久留米老師到時候會很焦慮吧，因為竟然貶低了有名畫家的畫。」
我雖然沒辦法完全理解，但是懵懵懂懂可以理解這是安齋所說的「顛覆先入為主的觀念作戰」，所以便用似乎能認同的聲音回答：「原來如此。」
「我想，他一定會用什麼辦法打圓場，但是久留米老師會對自己的判定失去信心，這一點是不會錯的。」
「久留米老師之後就不會再主觀認定小孩了。是這樣的嗎？」
「會讓他知道，自己先入為主的觀念有多麼靠不住。如果一切順利，久留米老師或許最後也能走到像蘇格拉底的思考那樣。」
冷靜想想，那個作戰實在有夠亂來的。畢竟，就算成功顛覆久留米的先入為主觀念，也就是「讓他把有名畫家的畫，誤認成草壁的畫」，我們完全沒有思考之後被問到「那畫為什麼會在這裡」時，該怎麼說明。草壁為什麼會交出那個美術館的畫呢？為什麼會搞混呢？為什麼草壁不立刻說出來呢？以結果而論，很可能害草壁陷入不利的立場。

安齋並不重視那些「為什麼」，有部分是因為他抱著「只要能成功把畫從美術館偷渡出來，接下來總有辦法解決」的強烈希望，而我也相信他。

所以我們再次造訪美術館，堅決執行了作戰。

我按照安齋指示，成功扮演了吸引工作人員注意的角色。

結果怎麼樣了呢？

先說結論，安齋並沒有把畫換過來。

我聽著工作人員的話，滿腦子因為緊張而一片模糊，懷抱著如同漫步雲端的心情朝出口走去，看到在那裡的安齋便問他：「怎麼樣？畫呢？」他搖搖頭。

「不行。」

「不行？你沒把畫換過來嗎？」

安齋點頭。

「為什麼？」

「簽名啦。」我忘不了他懊惱的神情。

「簽名？」

「連那麼小張素描，也有畫家簽名耶。剛剛一看，發現就簽在底下。」

我不知道畫作上都會有畫家簽名，所以一時之間還沒會意過來。安齋說著：「上面都有簽名了，久留米老師無論如何都會發現的。」徹底放棄作戰。

繪畫作戰因此遭遇了挫折。

★

安齋的個性是不會因為一次失敗就氣餒的。他不會為了已經結束的事情鬱鬱寡歡，是會說出「那就繼續下一個吧」的那種類型。

「既然如此……」我向他們提議。那是我們放學後在附近公園的交談，不會錯的。「既然如此，這次就在上課的時候讓草壁解開難題，讓久留米老師嚇一跳怎麼樣？」

「不然……」我對於佐久間那時候穿著長長的大衣還有記憶。或許是沒什麼特別的藏藍色長大衣，那時候看來卻好有大人的味道。「不然，學會英文歌，很流暢地唱出來給他聽如何？」

安齋雙臂持續抱胸，低吟著「唔～」，以為難的表情說：「不，感覺上這跟作弊戰爭是相同模式，持續下去可能會被發現。」

「安齋還真有自己的堅持耶。」佐久間以參雜感嘆與驚愕的聲音說。

「該說是堅持嗎，只是考慮到效果而已。」

妙計一個都想不到，大家就這麼茫然站在鞦韆周遭。季節整體感覺已經變得滿冷的，但除了有一股背著班上其他小孩秘密會談的高昂感，甚至還有那個班上任誰都懷抱憧憬的佐久間也在一起的喜悅，所以對我而言就只是快樂的時光而已。或許是有相同感受吧，草壁冒出這麼一句話：「不過，要是被人看到就糟了吧。」

「被看到？」安齋反問。

「要是，現在，被像是土田看到的話。」

「沒關係吧。就算土田看到現在的我們，應該也只會覺得我們在公園玩吧。」安齋一說，草壁就搖頭。「不是啦，你看，因為佐久間也跟我們一起啊。」

「欸？」佐久間指著自己說：「很糟嗎？」

「不是啦，你們想想，要是跟佐久間在一起，大家會很羨慕的，」草壁吞吞吐吐。我也表示同意：「啊，會那樣耶。」

「是嗎？」佐久間說著望向安齋。

安齋以思索的神情保持沉默，過沒多久便發出自問的聲音：「那個嗎？」隨即又點頭說：「對耶。」

「那個是？」

「就是那個嘛，那個作戰啊。」安齋視線稍微往上移動。感覺也像在整理腦袋裡的思緒。「佐久間就是俗稱的，優等生。」

俗稱，這個詞彙對我而言好新鮮。因為我本來懷抱的印象是「族稱」或「賊稱」[3]。

「被人叫優等生也不怎麼開心，還真不可思議呢。」佐久間沒有惱火，只是好像心不甘情不願。

「大概吧，但實際上就是這樣喔。不只久留米老師，其他老師，還有土田跟大家都對佐久間另眼相看呢。」

「另眼相看？」草壁詢問了意思，安齋沒有回答。

電話鈴聲就在這個絕佳時機響起。我立刻看向佐久間，因為班上帶手機的人有限，其中一人正是佐久間。佐久間從大衣拿出手機，那熟練的動作讓我忍不住感

3. 漢字「俗」、「族」、「賊」的日文發音都是「Zoku（ぞく）」，故有此言。

覺到她與自己成熟度上的差距。她立刻對手機回應說：「嗯，知道了。」掛電話後說：「我媽打的。」

「要妳不要繞到其他地方，直接回家？」我想像電話內容。

「嗯，對啊。好像有什麼可疑人物在隔壁校區出沒。」

「欸！」草壁滿臉鐵青。

「這種事情，家常便飯啦。那種資訊好像會用群發郵件，一起寄給家長，所以會出現各種不同消息。那種怪人很多啊。我媽對每個消息都很在意，都會聯絡我就是了。」

「那種事情當然會擔心啊。」我說。我媽只是有時會擔心一下，不過如果不是兒子是女兒，會變得更神經質吧。

「那什麼可疑人物我倒是一次都沒碰過就是了。」

「那太好了。」安齋回答後沒再說話，然後才又說：「好，就是這個。」

「就是這個？」

「我想到作戰計畫了，謠言戰爭。」安齋稍微顯露興奮，開始說明。我們一臉茫然，你看我、我看你。佐久間的瞳孔距離實在好近，讓我整個人心慌意亂。

★

早上一到學校，樂器吹奏的練習好像正好結束，我在走廊上遇到隔壁班的女生。她跟我住在同一個街廓，上的幼稚園也一樣。如今已經不記得名字了，那時候，她出聲對我說：「我問你喔，加賀同學，你有聽說昨天的事情嗎？」

我背著書包說：「欸？」她的聲音立刻轉為低沉：「聽說，佐久間同學昨天差點被可疑人物襲擊耶。」

「佐久間？」

「就在那個，加賀同學跟我家附近那邊。聽說，佐久間同學跟以前一樣，騎腳踏車從那間酒舖後面要去補習班。」

「喔～」我假裝平靜。

「突然有個男人跑出來去撞腳踏車，佐久間同學就摔倒了，聽說很慘呢。」

走進教室後，同樣的故事持續隨處流傳著。大家都說那個男人沒有特別表現出想施暴的樣子，但是行為明顯可疑，也就是以暴露狂才會出現的動作逼近佐久間。

「喂，加賀，你知道嗎？」土田也跑來跟我說。「不過，聽說那時候有人出現救了她耶。」

「欸？是誰啊？」

我不確定安齋與佐久間是鎖定什麼樣的途徑把謠言散播出去的，這個謠言以超乎我想像的速度瞬間在校內擴散。佐久間的母親應該也被賦予了散播謠言的角色。

上課鈴聲響起，久留米現身，站上講台。這裡也不可能施行什麼一目了然的恐怖統治，但是那個六年級的班級，在久留米登場的同時靜了下來，孩子也回到座位上。

「大家或許都已經聽說了，」久留米立刻提到這件事。「昨天出現了可疑人物。我們班的佐久間還親眼看到了。」

誰遇到可疑人物這類的資訊，公開指名道姓感覺上也不是這麼適當，不過那或許是佐久間自己透過母親，不著痕跡地向校方建議的。一方面為了消除「遭遇可疑人物，沒有被怎麼樣嗎」的疑慮，透過老師正式宣布，親口通知所有人「遇到了，但平安無事」比較好。佐久間對母親說，母親再去拜託老師。久留米也同意了吧。當然，佐久間原本的目的，是要在班上提出關於自己的這個話題。

「佐久間，沒有受傷吧？」久留米一說，所有人的視線轉向佐久間。

她的態度乾脆，還是坐在位子上，自然地回答：「沒問題，只是嚇了一跳。」

「是誰救妳的啊？」土田此時發出聲音。這裡本來應該由安齋出聲的，正好幫我們省了一個麻煩。

久留米並沒有問說，怎麼回事？謠言早已傳進他耳裡了嗎。

結果，佐久間把身體傾向教室大概正中央的位置。「唔……」她有些欲言又止。「唔……」她又重複相同詞彙。「我不能說是誰，但是那個人剛好經過，很兇地幫我喊說『你在幹嘛啊』。」

「哇～感覺好厲害喔」、「碰到有勇氣的人，太好了」，佐久間周遭的女生議論紛紛。

「然後感覺像是很大力地打下去，幫我把壞人趕走，救了我。」

「喔～那還真像白馬王子呢。」久留米發出這句也不知道到底有沒有眼力的評論，全班頓時沸騰。

「啊，或許是呢。不過，很意外就是了。」佐久間回答。沒有誇張的反應，而是樸實不在意的態度，我們就稱之為名演技吧。她的語尾刻意意有所指地模糊帶過，視線跟剛剛一樣又投向教室中央。當然包括久留米在內，班上的孩子全都納悶著她的眼神代表什麼意思，注意力也全都集中到那裡去。而在她的視線前方，正是稍微縮著身子，窩在椅子上的草壁。

是草壁做了什麼嗎？不論任何人應該都是這麼想的。草壁本人，則遵循安齋的事前指導，大大地翻開課本，簡直就像滿心只想「假裝跟這件事情沒關係」一樣，呈現遮臉的姿勢。而他的右手拳頭部分，就像在宣示什麼似地包裹著繃帶。

我拚命壓抑笑意。

前一天，安齋在公園說明的「謠言作戰」是這樣的。「不是有句話說，敵人的敵人就是朋友嗎？相反地，也有一種法則是『自己喜歡的人喜歡的東西，自己也會變得喜歡』。」

「什麼意思，我不懂啦。」

「簡單來說，就是這樣。土田或久留米老師都對佐久間有很高的評價吧。所以佐久間就嘗試稱讚草壁看看吧。那樣的話，會怎麼樣呢？」

「你是說，土田跟久留米老師會變得喜歡草壁？」

「不知道會不會變得喜歡啦。倒是有一點可能性，讓他們對草壁改觀喔。試著來散布『草壁保護佐久間不受怪人傷害』之類的謠言吧，大家看待草壁的眼光也會變得有些不一樣的。」

會那麼順利嗎？我當時半信半疑，不過實際上，班上瀰漫著一股莫名的困惑也是事實。

佐久間話中有話的評論、坐在她視線前方的草壁、草壁拳頭上的繃帶，這些全都刺激著第三者的想像。「怎麼可能」、「搞不好」，孩子懷抱這種想法的可能性很高。久留米或許也是這樣。

「謠言計畫成功了。」

放學後，安齋這麼宣布。雖然沒有任何動靜顯示，有什麼以肉眼所見的形式改變了，但這件事已經在班上創造出「對草壁改觀的開端」，這點應該是不會錯的。

只是就我看來，不但對於「救了佐久間的人是草壁」感受不到真實感，而且「拳頭包繃帶」的演出，讓我忍不住覺得這就是稱為爆笑短劇也不為過的刻意舉動，為什麼大家都沒察覺這是惡作劇，為什麼都沒有笑出來呢？我覺得好不可思議。

「這只是因為加賀知道所有的設計，所以才會這麼想的。」安齋說。「對於什麼都不知道的同學，還有久留米老師來說，根本沒想到佐久間會不惜說謊，來提高草壁的評價吧。沒有理由，也不清楚目的。如果只是那種更容易理解的整人遊戲就算了，像這種拖泥帶水的迂迴情節，就算覺得『好怪喔』，也不會連裡面的層層設計都瞭解的。」

喔，是這樣的呀，我回答。

那時候的草壁始終耿耿於懷的是，綳帶得包到什麼時候才好啊。

★

「職棒選手要來學校」。繪畫作戰失敗後，謠言作戰才剛成功不久，學校發表了這個消息。如果我的記憶正確，應該是這樣的。

職棒打完了冠軍賽，邁入季末。

選手姓名一被宣布，全班一陣譁然。對棒球幾乎一無所知的我，不由得詢問隔壁草壁：「那個選手很有名嗎？」他雙眼閃耀地說：「很厲害喔，是打點王。」我因此覺得很丟臉。

打點王先生以隊伍主力之姿活躍球場，過著充實的棒球生活，內心也因此遊刃有餘吧。親自執筆的兒童繪本才剛出版，他正巡迴全國各地打書，致贈校方書籍，同時舉辦棒球教室活動。

我們的小學也不知道是口碑好、還是所在位置條件好，又或是在報社擔任高官的土田父親的力量，其中理由並不清楚，總之獲選成為宣傳學校。

就連對棒球不熟悉的我，在一流職棒選手現身體育館的當天也同樣情緒激昂。演講也很好玩。說不定是因為比起教訓之類的東西，他從頭到尾講的都是小學生也能懂的回憶故事，像小時候費盡苦心避免上課時睡著、頭一次打少棒比賽時因為太緊張往三壘跑等。

唯一讓人遺憾的是，原訂的棒球教室後來因天氣不好取消了。

打點王先生也很在意這件事，演講最後還說：「其實今天如果是晴天的話，原本預定在戶外舉辦棒球教室活動的，很遺憾。」結果孩子紛紛開始露骨地吐露不滿或遺憾。就連平常沒什麼自我主張的草壁，也嘟嘟囔囔地發牢騷。

全場持續喝倒采的音量，甚至逼得校長先生或老師必須高聲要求大家安靜，打點王先生連忙提議：「啊，可是，明天會不會放晴呢？如果早上是晴天，我就明天過來喔。」

孩子爆出掌聲，就連草壁也以驚人的程度雀躍拍手。至於我呢，在意的是「如果明天也下雨打算怎麼辦呢？」這種無關緊要的問題，而安齋則是完全在思考其他事情。

「好，就是這個，」他說，「我們去拜託那位選手看看。」

「拜託？什麼意思？」

「下一個作戰喔。」

安齋沒把慌慌張張的我放在心上，直接將想法付諸行動。演講一結束，他等著打點王先生從校長室出來，隨即從後面追上去。還沒辦法消化目前是什麼狀況的我，只能像被安齋往前拉一樣跟上去。

當選手在校門口搭上計程車，我已經開始放棄，想說都追不上了。可是安齋喊著：「在紅燈停下來了！」同時在雨中狂奔，我手忙腳亂跟在後面。

我們踩著水窪跑到車道上，一接近計程車就對後座車窗呼喊選手姓名。拍打車窗畢竟太過火了，所以我們選擇揮舞雙手。兩人的頭髮被雨水淋溼，拚命高聲呼喊：「〇〇先生！〇〇先生！」當下幾乎有種自己是那個選手的狂粉錯覺。就在我們開始要放棄的時候，車門打開了。打點王先生在車裡對我們說：「怎麼回事啊？先上車再說。」我因為太感激了，淚水盈眶。

「到底是怎麼一回事？」打點王先生只有一個人。本來應該還有另一個不知道是球團相關人士，還是繪本出版社的男性，在學校跟他一起，不過那個人好像沒有搭計程車。我們毫不客氣地從選手旁邊鑽進車內。要關門囉，耳邊響起計程車司機冷淡聲音的同時，車子也開始前進。

「不用這樣，我明天也會到你們學校去的喔。如果放晴的話會去辦棒球教室的。」只在電視上看過的職棒選手，一旦人在面前，身軀就顯得好龐大，完全震懾住我們。職業運動選手的氣場原來是這麼強大啊？我覺得眼前一片耀眼。

「就是那個，」安齋以強烈的聲音說出訴求。「在那個棒球教室的活動中，有事拜託。」

安齋想出的，是比失敗的繪畫作戰更無法無天的計畫。竟然連職業棒球選手都要一起拖下水。

「我們想請您稱讚一位同學。」安齋單刀直入地說，事到如今，就連我都能想像他那靈光一閃的計畫。

「稱讚？」

「明天辦棒球教室的時候，我們班有個叫做草壁的男生，希望你在看過他的揮棒後，稱讚他『有資質』。」

「那是……」選手邊說，感覺像在整理思緒。「為了那位草壁同學？」

「您要這樣想也沒關係。」安齋曖昧地回答。因為嚴格說來，那並不是為了草壁吧。

我嘗試勾勒隔天棒球教室的情景。草壁揮棒，久留米覺得「不行耶」。藉此，再次確認「草壁果然做什麼都不行呢」。搞不好，還可能實際說出來「草壁的揮棒姿勢是不行的」。選手這時候過來做出評論，「你還滿有資質的呢。」這麼一來，會怎麼樣呢？先入為主的觀念會被顛覆。

安齋策劃的就是這樣吧。

「那個，什麼同學去了？」

「是草壁。」

「草壁同學有在打棒球嗎？」

我與安齋你看我、我看你。他好像喜歡棒球，但是我們沒有一起打過棒球。

「有在打嗎？」

「早知道把草壁一起帶來就好了。」

「不過，總之就是希望您能稱讚草壁。」安齋說。我們還是背著被雨淋溼的書包，讓車內變得非常狹窄，選手卻沒有流露嫌惡，只是微微苦笑。「我當然可以稱讚啦。只是……」

「只是？」

「我是不說謊的，我可不會說什麼『有資質』那種大話喔。」

「您不覺得到底有沒有資質，是沒有任何人能知道的嗎？」安齋就是不屈不撓。「既然如此，就不算是謊話啊。」

選手面露困惑。那是因為，他正猶豫著是否該讓小學生瞭解嚴酷的現實嗎？「我也是個專業選手，對這方面稍微算心知肚明。素質或才能是一目了然的。」

「那只要稍微稱讚也可以。」安齋繼續緊咬不放。直到獲得對方「說得也是，那倒是不會吝嗇的啦」的諾言後，才終於稍微放下心來。

後來我們在安齋家附近下了計程車，選手以溫柔的聲音對我們說：「那，明天見囉。」

計程車開走後，我們走向自己的家。行經安齋居住的老公寓，那時候是第一次，也是最後一次。「拜拜，我家就在這裡。」我沒有特別意思，只是茫然目送安齋步上連接二樓的階梯。那是就算客套也說不出漂亮，甚至讓人懷疑親子能否在這裡生活的小房子。是因為玄關看起來需要補強的關係嗎？貼著膠帶，生鏽的腳踏車就像快要餓死的驢子倒在那裡。開門走進去的安齋，背影看來好小。

我只覺得彷彿身體皮膚或肉全都剝離，只剩一顆心變得赤裸裸的，如同被粗暴撥奏的琴弦，任風撼動。當下內心甚至充塞著一種感受，讓人覺得寂寥與不安。

★

棒球教室那天是晴天。「這都是因為大家平常做好事的關係呢。」校長先生說出這典型的措辭，而我則感到疑問：「為什麼大人老愛這麼說呢？」總之，當天與前一天截然不同，是個晴朗的日子。

早上有兩小時的時間，讓報名的孩子拿著球棒到操場，根據選手的指示練習揮棒。

有幾個導師大概是對本身的技術有信心吧，跟孩子混在一起揮棒。久留米也是其中之一，因為他平常只會一本正經地用粉筆寫字，體育課頂多就是吹吹哨子而已，並沒有給人「擅長運動」的印象。不過，他學生時期曾在棒球社出盡風頭這件事應該不是騙人的，當場露了一手漂亮的揮棒姿勢。

「久留米老師，好帥喔。」女生高聲說，我與安齋望向彼此，莫名感覺不痛快。

安齋跟我的揮棒是半斤八兩，一樣窩囊，揮到一半，他說：「加賀，大家一起在操場揮棒，總覺得好怪喔。」

「好像新的體操。」

「大家一起轉動上半身，看起來也感覺好像能發電或什麼的耶。」打點王先生是個認真的人吧，並不是形式上晃來晃去、假裝指導，而是實際觸碰手肘或膝蓋，仔細建議。

他大概花了一小時，才終於來到我們這區。

打點王先生一發現我與安齋，臉龐頓時有些緊繃。他知道，是昨天坐進計程車那兩人了。笑意隨即湧現，感覺像在打招呼說「昨天幸會了」。他對我們說：「怎麼樣？揮揮看吧。」

我點頭「嗯」了一聲，拿著球棒擺好姿勢，一旁同時傳來指責的聲音：「不是嗯，該說是吧。」循聲一看，久留米就站在那裡。穿起運動服有模有樣地，站在打點王身邊，看來就像教練。

「是。」我慌忙再說一次。我沒能展現像樣的揮棒，打點王先生也沒笑，只是建議：「下巴再收一點試試看。」還說：「想像身體正中央有個軸心。」

「是。」我回答後一揮棒，自己雖然沒有察覺什麼變化，卻被稱讚：「嗯，對對對。」安齋也獲得與我類似的待遇。

然後，重點來了。安齋終於向目標，踏出一步。「久留米老師，草壁的姿勢如何？」他竟然丟出了問題。

久留米突然被這麼問，有些驚訝，同時浮現「草壁是怎麼了嗎」的神情。他感覺上，他甚至都忘記草壁也在場了。

草壁離我們有一段距離，隨著打點王先生的靠近，大概是緊張吧，整張臉都脹紅了。

「試試看吧。」打點王先生對他說。

草壁點頭。

「不要只是點頭，好好回答人家。」久留米立刻提醒。

草壁嚇了一跳，挺直腰桿，用顫抖的聲音說：「是。」

他倉皇失措地揮出一棒。就我看來，也覺得笨手笨腳的，身體平衡很糟糕。因為只用手臂力量在揮，總覺得孱弱無力。

「草壁，你又不是女生，那是什麼揮棒姿勢呀。」久留米的聲音不大卻低沉，周遭都能聽得一清二楚。附近的孩子跟著說：「說草壁像女生耶。」不知道是土田還是誰還鬧說：「草壁小女生。」我聽到安齋咂嘴。我並不覺得久留米是刻意說出那些話來的，但是感覺上其他孩子的確可能根據這樣的發言，決定「與草壁相處可以用上對下的態度」。

安齋以懇求般的眼神仰望打點王先生。「草壁怎麼樣？」他清楚說出草壁這個名字的發音，彷彿想讓他想起昨天的請託。

打點王先生雙眉有些下垂，嘴角歪斜。或許覺得，要稱讚這種揮棒根本神乎其技。

「好，那請草壁再來一次吧。」久留米這麼一說，安齋就在此時發出堅定的聲音：「老師，你閉嘴。」

聽到忤逆自己的聲音，久留米望向安齋，好像在仔仔細細地確認指向自己的長槍刀鋒形狀。也不知道他有沒有生氣。

「老師如果那樣說，草壁又會緊張了。」安齋的雙眼蘊含力量，聲音也隨之高亢分岔。

「這點小事就緊張怎麼行呢，根本沒必要緊張嘛。」

「老師，」那時候的安齋還真敢，毫不畏懼地持續說下去。我對他實在是滿心佩服。「別再用那種，好像草壁做什麼都不行的方式說話了。」

「安齋，你這是在說什麼呢？」

「我不會想說，要對所有孩子都懷抱期待，但是被主觀認定『你就是不行』是很傷人的。」

安齋或許早已下定決心，要在這個場合一決勝負了。我明白他一旦對上了，就會堅持到底，整個人心驚肉跳的。
而說到打點王先生呢，也不知道是豁達還是遲鈍，毫不在意安齋與久留米之間的火花，走到草壁身邊就說：「再試著揮一次吧。」
「是。」草壁收起下巴，迅速擺好姿勢。他看來沒有剛才僵硬，雙腳距離也很好。
請藉由這一棒，我默唸著。把先入為主的觀念打走吧！
當然，我不可能期待會發生，像是草壁露了一手連專業選手都自嘆不如的美麗揮棒，在場所有人呆若木雞，讓他一躍成為校園風雲人物這種戲劇化的轉折。當然，最後也沒發生這種事情。草壁那一揮，比剛剛半途欲振乏力的表現好多了，卻也沒到讓人跌破眼鏡的地步。
我看向安齋，他又仰望打點王先生。
打點王先生雙手抱胸，凝視草壁說：「再試一次吧。」
草壁乖乖點頭，再次揮動球棒。雖然孱弱，仍發出一陣風聲。
「你喜歡棒球嗎？」打點王先生一問，草壁起初又只用點頭回答，不過立刻補上一句「是」。
「有常練習嗎？」

「如果是邊看電視比賽，在房間裡的話，就是常常。」他輕聲低語。「正式練習，還沒有過。」

「這樣啊。」打點王先生此時沉默了半晌，陷入思考。他轉身，對安齋與我一瞥，然後與久留米四目相對。之後，他修正了草壁的手肘或肩膀位置。

草壁再次揮棒。

連我都知道，他姿勢變好了很多。「很好喔！」打點王先生在此同時發出了中氣十足的聲音，彷彿能震破透明氣球，周遭的孩子也全都隨之關注這裡。

「上了國中，加入棒球社就好了。」打點王先生說，然後他說出了那句我們期盼的話來。「你是有資質的喔。」

周遭景物瞬間亮了起來。安齋肯定也有同樣感覺，感覺腹部迸射出白晃晃的閃耀光芒。也不知道是「終於有回報了」又或是「達成了」的情緒，讓血液一路流竄到指尖，一股滿足感隨之湧現。

草壁雙眼圓睜，數度眨眼。「真的嗎？」

至於久留米是什麼表情，我那時候錯過了。我說不定也看著他，只是事到如今記不得了。

「我能成為專業選手嗎？」草壁的臉染上一片緋紅，比起害羞，應該是因為情緒激昂吧。也就是在同時，久留米所站的位置傳來用鼻子哼笑的聲音。他當時或許是說出了什麼教訓草壁的台詞。

「老師，草壁可能有棒球的資質喔。當然，也可能沒有。只是，請老師別再用主觀去認定什麼東西了。」

「安齋，你為什麼要這麼認真動氣呢？」久留米冷靜地淡然迴避問題。

「可是，草壁同學如果能好好練練看棒球，說不定可以表現得很好呢。」佐久間曾幾何時站到我們身後。「而且，都有專業的人掛保證了。」

草壁用力點頭。

我戰戰兢兢地朝打點王先生那邊看過去，他卻不如預期，一臉開朗。他的心情是頭都洗一半了，只好洗下去的意思嗎？還是根據老師與安齋的對話，判斷應該說謊說到底呢？又或是洞悉了草壁的隱藏能力？不，說不定身為一位豪放磊落的大牌打者，平常什麼事都不會想得太深入才對吧。他對著草壁又補了一句：「是啊，只要努力，一定可以成為好選手的。」

久留米即便如此還是一派鎮定，對打點王先生點頭致意：「被抬舉成這樣，真是滿心感激呀。」他還說：「草壁，你可別當真喔，人家只是在講客套話而已。」

是因為他叮囑的語調好笑嗎？有幾個人笑了。場面倒是因此和緩了下來，但我卻無法心服，覺得「根本沒必要刻意說這些」。

「但是，老師……」草壁正是在這時候說出來的：「我……」

「怎麼了，草壁？」

「老師，我……」草壁緩緩斷言：「我，並不這麼覺得。」

安齋的臉龐頓時扭曲，隨後展露的笑臉映入眼簾，但立刻就看不見了。那是因為，我的臉龐同樣扭曲到必須閉起眼睛，持續笑個不停。

★

棒球教室結束後我們也沒回教室，直接就在操場解散。記憶中的場景是這樣的。所有孩子拍手目送打點王先生離開後，校長先生致詞。然後大家各自踏上歸途，只有我跟安齋他們暫時留在操場。

我眺望草壁自主練習揮棒，正因為有了「因為都被職棒選手稱讚過」的先入為主觀念吧，我不禁感嘆：「聽他這麼一說，草壁的揮棒還滿厲害的耶。」然後說出多餘的客套話來：「應該早點開始正式打棒球的吧。」

「可是，真的好不可思議喔。」草壁那天或許就像補充了水分的植物，突然擁有了活力。說話方式也變得明瞭清楚。「只是被誇獎一下而已，卻好開心喔。」他笑說。

「草壁，你呢，如果真的當上職棒選手的話……」站在一旁的安齋說。

「不可能的啦。」

「這種事，可說不定喔。」安齋以認真的神情回答。「總之呢，如果變成專業的話，對著電視，給我們信號吧。」

「信號？是寫在簽名板上的那種[4]？」

「不是那種簽名。」安齋說完，又是嘗試比出兩根手指，又是比出握拳的勝利姿勢，好像這個也不對、那個也不對似地開始頻繁動作。

「這是在幹嘛呀？」草壁也停止揮棒，道出疑問。

「你總有一天會活躍在職棒界吧。」

「如果啦。」我笑了，安齋的表情卻很認真。「到那個時候，我們可能不會像現在這樣每天見面，所以要對我們比出暗號啦。」

「暗號？」

「變得活躍以後，例如像這樣……」安齋做出洗自己臉的動作，然後用兩根手指指向前方。好像是要去戳人家眼睛一樣。

「這種，之類的。」

「那姿勢，有什麼意思嗎？」問的人是我。

「意思是『洗個臉，用自己的雙眼好好看看』喔。我可沒有輸給大人的先入為主觀念喔，對我們發送這樣的信號吧。」

草壁以「喔～原來如此啊」的感覺傾聽。

「也許到那時候，草壁當上職業選手會很忙，不記得我們了。」安齋說。那時候他們家早已決定，小學畢業以後就會搬家了吧。

「怎麼可能不記得啦。」草壁理所當然地這麼說，安齋卻只是搖頭。「要是久留米老師看到電視，會嚇到吧。」他說。「可能，會難受到去關電視呢。」

此時我感受到一道視線，猛然回頭。久留米就站在身後不遠處。安齋也流露「啊，慘了」的神情，卻沒有任何辯解。

久留米肯定聽到了對話，卻對此隻字未提。取而代之的，卻說出對安齋的志得意滿潑冷水的機械式話語。但我已經不記得內容了。

4.日文中的「簽名」與「信號」發音一樣，所以草壁起初誤以為是「簽名」，故有此言。

我又望向草壁，他感覺像對久留米的話充耳不聞的樣子，讓我吃了定心丸。獲得職棒選手稱讚，安齋所說的「老師期待效果」對他造成影響了吧。我或許就是在那個時候，頭一次覺得「想快點變成大人」的吧。

五年前，我與忙中抽空悄悄回鄉的草壁在居酒屋碰面。「小六那時候，要是沒有安齋的話……」他喝醉後這麼說了好幾次。

我本以為小學畢業後，當然也會就讀同所國中，安齋卻俐落乾脆地轉學了。連聲招呼都沒有，人就那麼突然不見了。起初還會寄賀年卡來，某一年的卡片中寫到，改姓了之後就音訊全無。

得知安齋的父親因為漫長徒刑而被隔絕於社會之外，已經是滿久之後的事了。據說是曾引發輿論譁然的案件犯人，牽扯到人命，有段時間被媒體大幅報導。安齋與母親也因為這件事的影響，才頻繁更換住所的吧。

「話說回來，成年禮遇到的土田說過喔，」我說。「在東京鬧區發現很像安齋的男子。土田也不記得安齋的名字了，是用『六年級那時候的轉學生』來形容他的。」

「那個人是什麼感覺啊？」

「據說不論怎麼看都像個小混混。」

「安齋他……變成小混混喔。會不會是別人啊？」

「據土田說，因為父親是罪犯，人生走上歧路也是理所當然的。」

「是嗎？」草壁以慢吞吞的方式反問，然後又接著說道：「我並不這麼覺得耶。」

我察覺他非常自然地就說出這句話，卻沒有點破。

「安齋……現在不知道怎麼樣了呢？」草壁喝酒時，始終重複著這句話。只是，一次都沒說出「好想見他喔」。這我也是一樣。那時總有種奇妙的感覺，好像只要那句話一脫口而出，就永遠會見不到似的。「與安齋見面並不是像那種掛在嘴上、不知道會不會實現的願望」，我希望自己心中可以這麼想。

如今的我，為了公司職員的生活殫精竭慮，為了消化被交付的工作疲於奔命，為了與女友之間的摩擦糾紛操碎了心，有時會感覺到幸福，就這麼一天過一天。幾乎不會懷念小學那時候。

偶爾外出被突如其來的雨淋到時，會想起那個頂著一頭溼髮、對著暫停的計程車連續呼喊棒球選手的名字、拚命揮手的自己，還有身邊的安齋。

不慢

スロウではない

現今

「唐・柯里昂，為什麼會有運動很行和不行的人呢？」

「並不是說哪一種就比較了不起。」

「可是，跑得慢的人就會被看不起。」

「有看不起人的傢伙嗎？」

「特別是女生就會看不起你。」

「竟然有這種女性？」

「是的。」

「那麼，就讓她消失！」

悠太說完「噗哧」一聲笑出來，我也跟著嘻嘻哈哈。我們正在上體育課，坐在操場角落。兩個人跟其他同學隔了一段距離，輕聲交談。我沒看過電影《教父》。悠太說，有各種不一樣的人會去拜託黑幫頭子唐・柯里昂。他說，唐・柯里昂大氣威嚴深受信任，我們的煩惱這種芝麻小事，感覺沒兩三下就能解決。所以有時候遇到什麼討厭的事情，兩個人就會玩「拜託你了，唐・柯里昂」，排解鬱悶心情。

隨著「預備，跑！」的信號，同學同時往前衝刺。看起來速度好快，或許是因為刺眼的陽光，那種速度感覺閃閃發亮。明明是一起出發的男生，持續拉開距離。不遠處的女生，遠眺他們颯爽的跑姿。

「唐・柯里昂，飛毛腿果然比較受歡迎吧。」

「唔，那麼……」「是的。」「讓他消失！」

我們的視線，落到剛發下來的自己的五十公尺跑步紀錄。遠比小五男生平均值糟糕的數值，讓我們感覺自己的存在好渺小。

「司比我快，好好喔。」悠太雖然這麼說，但大概就是〇・二秒的差距，根本半斤八兩。

「悠太頭腦好啊。」，

「頭腦好，在班上還是不起眼啊。」

悠太會參加國中升學考試嗎？雖然一直很在意，卻從沒問過。準備升學考試就需要錢去上補習班，我心裡早就決定要念公立的了。這也不是我自己決定的，是一切早就被決定好了。我老早就聽說，同學年之中好像也有半數以上要參加升學考，只要想像自己在沒有悠太的情況下度過校園生活，就會萌生一種似乎體內破了一個洞的不踏實感。

「要怎麼樣才能跑得快呀？」

「有些部分是一出生就決定好的，所以根本沒辦法補救。都是基因啦、基因。」悠太嘆息地說。

「漫畫裡不是常有這種情節嗎？主角其實是在腳上裝重物訓練之類的。」

「像比克的斗篷那樣？」

《七龍珠》中出現的比克會披著沉重斗篷修行，面臨戰鬥時就會將斗篷脫掉。墜落地面的斗篷，發出「砰」一聲讓人難以置信的重響，比克這才終於能發揮真正實力。

自己身上難道不能也有個隱藏在什麼地方的開關，只要一按，礙事的外殼就會剝落，然後萬能的我就會現身嗎？我不禁做起了這樣的美夢。

未來

「老師，小學生的時候，運動不行可是致命性的喔。」

我強力主張。我正對著從小五到畢業那兩年的導師磯憲。他當時才剛從學校畢業，感覺就像年輕大哥哥，如今的老師幾乎滿頭白髮，散發威嚴。「磯憲」是個縮短姓名的綽號，像這樣一面對本人，還是想叫他「磯憲」，但是我也已經培養出身為社會人士的禮節，甚至會覺得「無論如何這樣都太失禮了吧」。

「以前特別是這樣呢。小學是擅長運動的孩子會大受歡迎，升上國中就是好玩的孩子或帥氣的孩子，然後高中就換時髦的孩子吃得開。都是這樣的呢。」

「那時候，老師也這樣說過喔。我跟悠太在走廊上，不乾不脆地說『好討厭運動會喔』，老師正好經過。」

「悠太，還真懷念啊。」

「老師還記得嗎？」磯憲在那之後應該也帶過很多班，接觸過很多孩子。

「或許不能說所有，但出乎意料之外地記得滿多的呢。」

「像我們這種不起眼的陰沉學生也是？」

磯憲笑了。「這跟起眼還是不起眼沒關係。就是對司跟悠太印象很深。那時候是五年級？不是有接力賽嗎？」

「嗯，」我苦笑。「悠太沒跑就是了。」

「這樣啊，你們兩個人老在一起嘛。」磯憲雙眼瞇了起來。「那真是美好的回憶啊，忘不了呢。」

我只跟你們說喔。

五年級那時候，磯憲對我與悠太是這麼說的。那呢喃聲彷彿是在教授我們這個世界的秘密。

「長大以後，受歡迎的可不是飛毛腿的男生喔。」

「欸？」悠太反問。

「到時候，也很少有什麼全力衝刺的場面了。說到底，根本沒機會展現飛毛腿呀。」

「那長大以後，誰會受歡迎呢？」

磯憲移開視線，然後說：「有錢的人。」所以我們輕聲低喃：「真的假的！」小孩子都覺得，傳說故事或漫畫世界中，是絕對不能出現「有錢人最強」這種情節的。磯憲面露微笑，補充道：「可是呢，最後是不虛張聲勢的人會贏喔。」

「不虛張聲勢？」

「虛張聲勢的人最後會輸。」

「老師，我們沒有虛張聲勢喔。」

「長大以後，就算你們變成有錢人或變得有名，也不要虛張聲勢比較好喔。」

我說過這話嗎？白髮的磯憲問我。

「說過啊。託老師的福，我後來也沒變成有錢人、也沒變得有名，順利變成沒有機會虛張聲勢的大人了。」

我這麼一說，磯憲沉默地展露放鬆的表情。

「可是那時候，老師還跟悠太說過別的話呢。」

「小學那時候？」

「您說，跑得快而且又不虛張聲勢的近藤同學，或許是無敵的吧。」

「近藤、近藤修嗎？啊～那孩子的確擅長運動，又不會虛張聲勢呢。現在不知道在做什麼呢。」

「反正就是很受歡迎吧。」我這麼一說，磯憲就笑了。

現今

五十公尺短跑持續進行著。只要個子最高的近藤修開始奔跑，周遭就會有歡呼響起。

擔任班長，對我們也很友善，長得也不差。但「想變得像近藤修那樣」，我倒是從來沒這麼想過，因為我很明白這種念頭就是對自己本身的背叛；但是我有好多次都想像「近藤修大概很享受校園生活的每一天吧」。

過了一會兒，悠太抬頭說：「啊，轉學生，那個女生，跑得快嗎？」

前幾天，暑假結束才轉學過來的女生站在起跑線上。個子嬌小、皮膚白皙，一開始的自我介紹，聲音小到聽不見。「聲音，聽不見。」有人這麼一說，她就好像很膽怯地縮起身軀，讓人很有印象。

「高城同學，跑得快嗎？」這次是我說。

女生的話，可能跟男生懇切的心情不一樣，儘管如此，沒什麼會比擅長運動更好的事了。如果能讓所有人刮目相看，待在班上也會覺得如魚得水。我們以外的同學也是，主要是女生，都不自覺在意著高城加梨，這點是很清楚。

「要是快得亂七八糟的話，澀谷也會焦慮吧。」悠太道出內心期待。

澀谷亞矢是女生的核心人物，運動很行。不知道她父母是做什麼的，但不論她是有錢人家的女兒，又或是道上混過父母的女兒，都不會有違和感。

「司，你看看，澀谷露出一副超想確認的表情耶。」悠太對我說。

是不是比自己更擅長運動、跑得快不快，她對這些事在意得不得了吧。

以結果而言，澀谷亞矢是杞人憂天。高城加梨的跑法，就是典型運動不行的那種，不看紀錄也明顯跑得很慢。

「可惜。」悠太吐出這句話。

「澀谷也鬆了口氣了吧。」

「還有，村田也是。」

聽他這麼一說，我望向村田花。的確，坐在跑完的高城加梨身旁的村田花，表情一如往常陰沉，不過有哪裡總透露著開心。

高城加梨轉進來之前，村田花在班上總是獨來獨往，換句話說，是一個沒有比其他同學優秀，所以也沒辦法吵吵鬧鬧的女生。也就是跟我們一樣。要說我們的不同之處，就只有悠太在我身邊這一點。所以，高城加梨轉進來，對於村田花而言是很幸運的一件事。

「唐．柯里昂，為什麼會有運動會那種東西呢？」

「你有什麼煩惱嗎？」

「我很倒楣，被選為接力選手。」

「接力不是都會選跑得快的學生去跑嗎？」

「都是因為澀谷亞矢提議抽籤的啦。」

「那個女人嗎？嗯，那麼……」「是的。」「讓她消失！」

學校的選拔接力賽，決定由各班推出兩隊參加。一隊四個人，所以會選出八個人。只要選出擅長跑步的成員，大概可以立刻決定出五個人，除此之外，大家的能力都沒有太大差距。

本以為只要機械式地根據五十公尺短跑紀錄，從名列前茅的開始選就好，沒想到排名第六的男生說出「我才不想跑呢」，讓整件事情變得棘手起來。那就由紀錄排在下一位的男生遞補囉，結果他又說出「我也不想要啊」，紀錄到了這幾名的確就沒有太大差距了，所以也很能理解大家心懷不滿，覺得「為什麼那傢伙不跑，自己就要跑」。

「既然如此，那第二隊用抽籤決定不就好了。」不用多久，澀谷亞矢就說出這樣的話來。「A隊是跑得快的人，目標就是要贏，B隊該怎麼說呢……」

「留下回憶？」常跟澀谷亞矢一起的女生，中場助興似地補上一句。

「對，就是那個。」

「無論如何，抽籤未免過於粗糙，還是用大家都能認同的做法……」磯憲果然很冷靜地平穩說道。「老師，那我們先用多數決來決定用抽籤好不好？」澀谷亞矢卻更為沉穩地發言。「用民主的方式。」

未來

「老師，我那時候，察覺到民主主義的缺點了喔。」我對磯憲說。

「多數決不好嗎？」

「因為，那些根據速度快慢的順序決定，好像會被選進B隊的孩子，會覺得本來就沒希望不如用抽籤賭一把，然後其他有一大半的人，會覺得再這樣下去沒辦法決定很麻煩，就直接贊成抽籤了。」

「或許是吧。」

「那麼一來，部分真心煩惱的人，像我或悠太，這種一旦被選為接力選手，就會痛苦到不行，感覺要完蛋的少數人心情根本無法傳達出去呀。」

「你們就那麼討厭接力喔。」

我記得很清楚，當「反對的人舉手」這句話麼一說出口，頭一個是滿臉脹紅的村田花率先舉手。她是打從心底討厭當接力選手吧，就算不擅長堅持己見，她一定是不惜這麼做也想反對抽籤。就像受到村田花的勇氣牽引似地，高城加梨也微微低著頭舉起右手，然後我與悠太幾乎是同時伸直右手，之後，果然都是一些運動不行的孩子三三兩兩零星跟進，不過從多數決的角度而言，不用數也知道是慘敗。

「而且你還抽中了選手籤呢。」

「對啊，老師。還有，村田也是。弱者的命運總是這樣呢。」小學五年級的我，中籤後只感到眼前一片漆黑的絕望，我想告訴當時的自己：「總有一天，長大成人後是能笑看往事的喔。」

其他兩個人是同學佐藤與加藤，說到腳程是有一定的速度，只是不能說非常快，但也不算慢。

「老師，您那時候是怎麼想的呢？會不安地覺得B隊很慢，內心覺得不妙嗎？」

磯憲「不」的一聲，聳聳肩。「是鬆了口氣，覺得能順利決定，太好了、太好了喔，就只是這樣而已。」也不知道這話有幾分真實，他搖晃著身軀笑了。

現今

「唐・柯里昂，反正一定會輸的，有必要練習嗎？」

「原來如此。」

「好想一不做二不休，當天用感冒之類的理由請假喔。」

「唔……」

「就算找爸媽商量，也只會說『只要加油就好啦』。」

「是媽媽會這麼說嗎？」「是的。」「嗯，那麼……」「啊。」「怎麼了？」「媽媽就不用消失了。」

心情沒辦法像以前一樣愉快，嘴巴只能發出乾笑。

「好想回家打電動喔。」才剛走到操場，我說。

「對啊，都放學了，到底為什麼要心不甘情不願地練跑啊。」

「悠太你可以回去了喔。」

「不要。」

為了迎接十天後的運動會，各學年的接力隊伍都各自展開了練習。我們B隊本來就沒有求勝的打算，勉強說來，就只有一個目標：不受傷地跑完全程。所以也不覺得有必要練習，但是大家都覺得無論如何，至少也要確認接力棒傳接的環節。

「就只有我沒被選上，當然我是鬆了一口氣啦，但總覺得過意不去。所以，至少讓我陪大家練習啦。」悠太說。這就是悠太的優點，這種事他都會直接說出口。

「又不是只有悠太，其他也有人不用參加接力啊。」

「不是這個意思啦，是我跟司兩個人，只有我，對吧。」

雖然搞不太懂，但聽他這麼說其實很令人開心。高城加梨也感受到了跟悠太一樣的不舒服感嗎？只見她黏在村田花身旁，一起走到操場來。

我們以其他兩個人——佐藤與加藤同學為主，重複練習交棒後，接著想試跑看看。大家在一圈兩百公尺的跑道上分散開來。正式比賽時，是前三個人各跑半圈，最後一個人跑一圈，但我們決定先四個人接力跑一圈就好，跑的順序為男生、女生、男生、女生。據說以前都是固定由男生跑最後一棒，可能是有什麼人大聲疾呼男女平等，才讓情況改變的吧。

我是第三棒。從村田花手上接過棒子，立刻用力踢土起跑。聽說手臂大幅擺動比較好，所以我用從沒試過的幅度擺動雙臂。我氣喘吁吁，正覺得不行的時候，看到加藤同學，交出了棒子。

我呼呼地邊調整氣息邊集合。

「唔～」佐藤同學流露感覺困難的神情，望向身邊的加藤同學：「唉，就是這麼一回事吧。」她也回應：「是啊。」

與他們兩個人的速度相比，我跟村田花慢得很明顯，拖累整體時間成績是不爭的事實。不過，他們卻沒有用討人厭的態度多加指責，還為我們著想，溫柔地說：「我們呢，就以不跌倒跑完為目標吧。」

不溫柔的人物另有其人，那就是，在一段距離之外練習的澀谷亞矢。她經過我們身旁時還一邊說：「沒問題嗎？照這種感覺看來，可是會落後人家一圈的喔。」她並不是在嘲弄，只是顯露一副「跑得慢會很明顯的，不要緊嗎？」的樣子，這激發了我們的不安。

「那，澀谷加入我們這一隊呀。」佐藤同學說。

「不行啦。那樣的話，兩隊都只會變成普普通通的速度，結果雙輸吧。」

對啊，其他女生應和著。那種像在討好的感覺讓我很不痛快，但是我也明白，所以回不了嘴，我只能低頭用鞋子踢著操場上的土，無比窩囊。

「啊，那個……」高城加梨此時出聲。

「欸？」

「澀谷同學來教他們跑法呢？」她說。「怎麼樣？」

或許是為了村田花著想，即便看來難以啟齒，高城加梨還是明確出聲建議。

「我？」澀谷亞矢瞬間流露驚訝的神情，隨即滿臉笑容搖了搖手。「沒辦法、沒辦法。我也不太清楚跑法，自己是能跑，教就沒辦法了。」

「是嗎？」高城加梨感覺遺憾地說。她的語調是否讓人有感受到責難之類的感受嗎？我當然沒有感覺到。還是澀谷亞矢自己比較敏感呢？「高城同學，所以是我不對囉？」澀谷頂了回去。

「欸？我不是那個意思……」

「我早就這麼覺得了，高城同學，妳老是用好像想講我什麼的感覺看著我耶。是對我有意見喔。」

「沒有這種事情啦。」高城加梨搖頭。「我，才沒有……」

澀谷亞矢用戲劇化的方式聳肩，扔下一句「隨便啦」，隨即就想離開。

只是，高城加梨是看當下的我們實在太過垂頭喪氣嗎？她說：「大家一起練習，盡量加油跑快一點吧。」「也可以多嘗試各種不同的跑步順序。」她身邊的村田花也沒用高昂的聲音回應，就只是說了這麼一句而已，聽覺敏銳、感受性豐富的澀谷亞矢卻停下腳步，折返回來說：「那是，在酸我們嗎？」

「欸？」被指責的高城加梨大吃一驚。「怎麼會呢！」

「沒有那個意思啦。」村田花回答。比起抗議，更像在拚命辯解。

「一起練習吧，單純就是這個意思而已啦。」我們B隊最快的佐藤同學出口聲援，話雖如此，跟A隊相比他也還是很慢。雖然可能也不是因為這句話壯膽的緣故，悠太也跟著吐出這句話來：「也不用聽到什麼就生氣吧。」

這時候的整體氣氛一定很不好。澀谷亞矢或許覺得，好像B隊全隊在對抗她一樣。我想到的是歷史漫畫中農民團結一致的場景，她大概也感受到了那種預兆般的危機。

她以惱火的神情刻意發出一個嘆息，隨即問：「我說呢，高城同學，妳為什麼會轉學到這裡來呀？」

這到底是什麼問題，我還有點搞不清楚狀況。因為我一直都認為，如果說轉學有什麼理由，頂多就是父母調職之類的，所以實在不明白特意問出這種根本不用問的事情有什麼意圖。

「問那個幹嘛？」悠太說。

就是調職吧，我想著，一邊望向高城加梨，結果她竟然臉色蒼白，讓我驚訝又納悶她是怎麼了。我還想，她會不會因為貧血暈倒啊。她的情緒很明顯因此出現波動，開始有一搭沒一搭地看著村田花。

那是像被戳中什麼大弱點的反應，而澀谷亞矢實際上也就是瞄準那個大弱點吧。

「是逃過來的吧？」她這麼說。

「欸？」發出這微小聲音的是村田花，高城加梨臉色異發鐵青，像一條喘息的魚，嘴巴開開闔闔。

「是被霸凌，轉學過來的吧。」

「欸！是嗎？」也不知道是原本就知情還是現在才知道，澀谷亞矢身旁兩個女生誇張地表現出震驚。

「我問過我媽媽喔。我媽好像是在保密的前提下，從學校那邊得到了消息呢。」

大概是看到情緒波動的高城加梨覺得滿意了吧，澀谷亞矢離開了。

我們這個被留在原地的B隊，暫時陷入沉默。也沒人向高城加梨確認說：「是那樣的嗎？」村田花也大受衝擊，大概是頭一次聽說。根本沒保密嘛，悠太低喃。

高城加梨從剛剛開始就像是宿疾發作一般驚慌失措。「我今天就先回去了。」說完感覺滿懷歉意地回去了。

「唐・柯里昂，有被霸凌然後轉學過來的孩子嗎？」

在回家的路上，只剩悠太跟我兩個人的時候，我這麼說。

「原來如此。」

「為什麼會有霸凌呢？」我說，不過我跟悠太都還沒有被霸凌的經驗。雖然被看不起，卻沒有像集中攻擊那樣的受害。或許，是因為同學有明辨是非的能力吧。

「霸凌別人的孩子是不能原諒的。」「嗯。」「唔，那麼……」「是的。」

「讓霸凌者消失！」

未來

還記得，澀谷亞矢嗎？我這麼一說，磯憲稍微歪頭，流露出搜尋記憶的神情。因為她是顯眼的存在，班上的核心人物，我本以為老師會記得很清楚，所以對於這樣的反應感到意外。過了好一會兒，「啊～澀谷亞矢呀，是個嚴厲的人呢。」他才懷念地這麼說。「其實，像澀谷亞矢那種類型的孩子，雖然也不是說每年，但是不論任何時代都有呢。頭腦好、能言善道，會成為領導者的那種。」

「喔～」

「所以，印象反而會渙散耶。」

「感覺就像是沒辦法分辨『哆啦A夢』的胖虎，跟『奇天烈大百科』的豬猩猩呢。」

磯憲笑了，然後說：「豬猩猩那孩子，當他能忍受大家叫他這種綽號時，就顯示他是個寬厚的大人物了喔。」

「的確。」我也不禁這麼說，不過磯憲卻突然回神，在意地說：「不過我們這麼說，對豬或猩猩來說也很失禮吧。」

「老師還記得，我們那時候去問您的嗎？」

「好像是在接受『還記得嗎』、『還記得嗎』的記憶力考試喔。」

「放學後，我們去老師那裡問說：『聽說高城同學是在之前的學校被霸凌，才轉學過來的，這是真的嗎？』」

「我是不記得當時怎麼回答了，只是還記得，突然被這麼一問很驚訝。我有裝傻嗎？」

那時候磯憲的反應，相對鮮明地殘留腦海。

「您反問我們：『如果說，高城是被霸凌的孩子，會有什麼不一樣？』」

「用問題回答問題，實在不太好呀。」磯憲苦笑。「司你們又是怎麼回答的呢？」

「不記得了。」我笑了。當時實際回答了什麼，想不起來了。只是被磯憲那麼一說，覺得「說到會有什麼不一樣，其實也沒什麼不一樣的呢」。「『如果轉學過來，想重新再來，難道不想幫她重新來過嗎？』老師後來是這麼說的喔。」

「這說的不是很好嗎？以前的我。」磯憲的表情變得放鬆。

「您那時候是怎麼看我們B隊的？」

「怎麼看？這是什麼意思啊？」

「覺得我們B隊會不會吊車尾？」

「這個嘛，我倒不覺得你們會吊車尾喔。」

「是期待其他隊伍跌倒？」

「司你們那時候很拚命練習嘛。」

「練習，是啊。我們連改造身體姿勢那方面的練習，都全心投入了呢。」突然間，我彷彿感受到頭頂照來的陽光，但現在明明都已經是晚上了。是因為小學生的自己，與大家在操場上反覆練習的那段炙熱日子的回憶，掠過腦海了嗎？又或是因為我們當時的拚命程度實在耀眼炫目呢？「是高城同學幫大家查到的喔，跑得快的方法。」

現今

放學後的練習很討厭。「那群傢伙，是死命地在練耶。」被周遭這麼嘲笑很恐怖。雖然也不知道實際上有沒有被這樣笑就是了，不過就是會有那種感覺。

「我查過了喔。」高城加梨是在第三次練習時，說出這話來的。

「查什麼？」

「跑得快的方法。」

我們在操場一角，你看我、我看你。高城加梨翻開自由帳筆記本。裡面密密麻麻的鉛筆文字感覺都像是她寫的。

「高城，字寫得好好喔。」佐藤同學很佩服地說。

「真的耶，加藤同學也點頭。」

高城加梨「欸」的一聲，突然被稱讚讓她不知所措。過了一會兒，她說：「謝謝。」村田花也開心點頭說：「高城同學，妳的字，真的好漂亮。」

高城加梨所獲得的專業知識是：採用適合人體特性的跑法。

像是用前傾姿勢更容易出力的類型，後傾將重心放在腳跟的類型，其中據說還有身體重心放在內側或外側的分類。

據說，如果是重心在後面的身體，比起用前傾姿勢起跑，從腳跟著地的狀態去踢地面會比較容易出力。

「這個嘛，有看出不同類型的辨識方法……」

高城加梨是在家先反覆確認過好幾次才來的吧，她拚命地教我們。分辨身體類型的方法還滿難的，大家或坐或起身，又或互相拉扯身體來判斷，也不確定是不是真的做到了正確分類。總之大家就是根據各自的身體特性，練習手臂擺動方式、腳踢地面的方式。沒被選為選手的悠太，同樣是興致盎然地一起跑。

練習過一輪後，因為想要實際試試看，所以大家決定嘗試上場跑。

高城加梨發出起跑信號，按下碼錶。以前像我們這種跑得慢的隊伍，如果在意時間，就好像是在做樣子而已，感覺很丟臉，但那時候的我們卻很有興趣，想知道改變跑法會對時間產生什麼程度的影響。

大家一棒接過一棒，當最後一棒抵達終點的同時，大家一起衝向高城加梨身邊。看了紀錄，我們全都發出「喔～」的一聲，比之前變快好多。

好厲害、好厲害，村田花非常興奮。「多虧高城同學傳授秘訣。」加藤同學也很開心。

「這不是秘訣，就在網路上而已啦。」高城加梨的手左右搖著。

「哇，這下子越來越期待了呢，運動會。」因為佐藤同學這麼說，「再怎麼樣，也還沒到那個地步啦。」我說。「才不期待呢。」

好，光是起跑練習也好，再來一次吧，加藤同學這麼說，於是看向高城加梨，然後說著：「那個，」手指指向她。「項鍊？」

「啊，這是……」高城加梨的手立刻伸向自己脖子。她戴著細細的鍊子，手一拉，一個裝飾品之類的東西從衣服露出來。「護身符。」

「護身符？」

「是啊，很重要的。」高城加梨說著，緊握住鍊子上的裝飾。

「那東西，裡面是不是可以放重要之人的照片？」佐藤同學說。

高城加梨沒說「嗯」，但也沒有否定。「我少了這個就會不安，所以請老師讓我戴著。」

我們只是「喔~」的一聲，沒有繼續談這件事。大概是知道她之前被霸凌過吧，心想她如果想起什麼難過的事情，有這種東西一定比較好吧。

「喂，聊得這麼開心，有沒有認真練習啊？」後面突然傳來聲音，一回頭看到澀谷亞矢站在那裡。

哇，出現了，差點就不自覺發出聲音了。

「剛剛多虧高城同學指導，時間縮短了呢。」

佐藤同學是個表裡如一、率直的人，所以老實這麼說。我卻直覺「那樣說，澀谷一定會不高興的啦」。

果不其然，澀谷亞矢以有些看不起人的方式說：「指導什麼東西啊？」

「啊，不是我的指導，只是查查看而已，發現網路都有寫。」高城加梨極力放低姿態，一邊斟酌用詞一邊回答。

我跟悠太對望。「有夠麻煩的耶」，他散發出很想這麼說的感覺。

「既然狀況這麼好，不會吊車尾吧。」

「又不是妳說了算。」立刻這麼回答的人是我。

大概是沒料到我會反駁吧，澀谷亞矢毫不掩飾滿臉的不悅，雙眼變成三角形。「要是吊車尾，就要道歉喔。」她強力說道。

「道歉，是要向誰道歉？」佐藤與加藤同學聲音重疊，不過這時候，澀谷亞矢已經跟其他女生一起轉身背對我們，開始朝校舍走去。

我們懷著有些陰沉的心情你看我、我看你，沉默了好半晌，也不知道是誰，說出了這句話：「再練習一下子吧。」

「什麼嘛，澀谷也嚴格過頭了吧，」悠太嘟著嘴。「那絕對是學她爸媽的啦。」

「是嗎？」村田花反問。

「我也不知道，但我不覺得那種說話方式是澀谷獨創的，這是抄襲別人的啦。」悠太的話讓我笑了，其他成員只是歪著頭。

要是吊車尾就道歉，這個命題還滿不合理的，不過一旦能設定目標，人或許就會盡其所能去努力。我們將「努力不吊車尾」作為口號，比以往更拚命投入練習。

「唐．柯里昂，有人看不起我們。」

「是誰？」

「一個叫做澀谷亞矢的。」

「女生嗎？」

「是的。」

「這個嘛，別理她就好了，恐怕是個可憐之人吧。」

「真不愧是唐．柯里昂。」

「最後笑的人……」

「是的。」

「會是我們。」

回家路上，我跟悠太的教父風對話，是我多心了嗎，感覺節奏也好輕快。

未來

「老師，您記得我們哭著去辦公室的事嗎？」

「我們，是指……？」

「我跟悠太，還有村田花。」

「你們為什麼哭呢？」

「所以是不記得囉。」我嘲弄般地一說，「這麼細的事情實在沒辦法呢。」磯憲愧疚地說。「為什麼哭呢？」

「運動會之後，我們真的很不甘心，跑去跟老師抗議。正確說來，是村田花跑去抗議，我們像是陪她而已。」

「啊～」磯憲的臉龐頓時亮了起來。「想起來了喔，村田花難得大聲，邊哭邊控訴。」

「就是那樣、就是那樣，」從旁看著村田花那拚命的樣子，我跟悠太被她影響也哭了起來。村田花是拚了命，只為守護朋友——高城加梨吧。「那時候，她對老師這麼說耶，『我長大以後會怎麼樣？』」

然後還說：「老師之前用撲克牌占卜過，請幫我占卜看看，我以後會怎麼樣！」

「她怎麼會來說那些話呢？」

「可能是那時候的她，都遇到難受的事情吧。所以，或許覺得未來一片黑暗。」

當時，磯憲起初懾於村田花的氣勢洶洶，忙著安慰她說：「妳先稍微冷靜一點。」後來大概終於感受到眼前孩子的嚴肅，這才點頭說：「我明白了。」他「嘩」一聲拉開抽屜。我們從沒看過老師的抽屜裡是什麼樣子，所以興致盎然。老師隨後從裡面拿出撲克牌。

老師讓我們繼續站著，開始將撲克牌排列在辦公桌上。他將撲克牌分成好幾疊，確認過村田花的出生年月日後，數算過後又把牌打亂。

「老師話要說在前面喔。」磯憲語氣認真。

「是的。」

「老師的占卜，真的會成真喔。」他定定凝視村田花。「要是出現難受的結果怎麼辦？」

「沒關係，」村田花立刻回答。「因為，現在就夠了。」

她是想說「夠難受了」吧。我反而緊張。

我已經不記得最後出現什麼牌了，不過還有印象是磯憲凝視結果，也就是那張牌後回答。

村田花問：「怎麼樣？」

「在笑喔。」磯憲的回答起初很簡短。

「在笑？」

「未來的妳在笑。」

「這是什麼占卜啊！」村田花好像覺得自己的認真不被當一回事，怒火中燒，整個人散發到目前為止都不曾顯露過的怒氣。

「藉由占卜可以知道，妳長大成人後在笑。怎麼樣，能想像嗎？」

村田花嚥下本想吐露的反駁，陷入沉默。然後，她搖頭。「那是什麼意思，老師？」

「妳現在也許想要哭……」

「老師，都在哭了啦。」悠太笑了。

「但是長大成人後的妳，在笑。這一點是不會錯的。」

村田花露出沉思般的神情。她咬著嘴唇，正拚命地在動腦吧。「要怎麼做，才能變成那樣呢？」不久後，她這麼逼問磯憲。「我該怎麼做，才能成為那樣的大人呢？」

「什麼嘛。」

「什麼都不做也沒問題的，妳就這樣自然變成大人就好。」

「不好意思，不過這個占卜是會成真的喔。」

之後，我跟悠太也被問了生日，但是真要被占卜也很恐怖，最後都打了退堂鼓。

「我後來覺得，」我對磯憲說，「好像被唬了呢。」

「我是在唬人呀。」

「但是在那之後，上了年紀，回想起來……」

「什麼上了年紀，你還很年輕吧。」

「會覺得不論現在多難受，未來有個在笑的自己，心裡踏實多了吧。」

是嗎，磯憲沉靜地點頭。

「你那是在胡說八道嗎？」

「對不起，那是道道地地，」磯憲鄭重其事地說。「貨真價實的胡說八道。」

現今

運動會那天是個晴朗日子。在陽光普照下，炎熱與刺眼光芒似乎讓那些在向陽處鋪上墊子的家長，肌膚一點一滴灼熱起來。

校舍那邊搭起的帳篷下坐著來賓，他們好像也很熱。頭頂飄揚的萬國旗再大一點，可以用來遮陽就好了，我想。

競賽一項項進行，時間也來到了下午。隨著接力賽的上場時間接近，我明白心跳也逐漸加速。

吃午餐時，媽媽問我：「話說回來，接力是什麼時候跑？」我很驚訝地想說「竟然關心這個」，不過當我告知時程表時，她好像已經沒興趣了。

各學年的接力賽安排在運動會尾聲，就在廣播說「請選手到入場門集合」時，我的緊張攀上了最高峰。感覺上走路輕飄飄的，開始像在做夢一樣，雙腳慢慢地踩不到地，就連自己正在緊張的情緒都逐漸難以掌握。

我移動到自己的出發地點，就定位。我正被坐在椅子上的孩子包圍。過去接力賽的時候，我總是坐在那裡，只是單純的觀眾，所以現在站在參加者的位置，實在覺得好奇妙。腦中浮現古羅馬的競技場。被觀眾觀賞，必須賭上生命戰鬥的心境。

將整個人輕飄飄的我拉回現實的是，同樣身為第三跑者、人在附近的近藤修。

「村田她，不要緊吧？」他一邊做暖身的屈伸運動，一邊跟我說。

「欸？」

「你看，好像在那邊很在意自己的腳呢。」

近藤修手指的是我們對面、半圈前方的位置。第二跟第四跑者要從那裡起跑，只見村田花蹲著，右腳鞋子已經脫掉，正在觸碰腳踝附近。

「受傷了嗎？」

「可能喔，拔河的時候不是跌倒了嗎？」

我沒看到當時狀況，不過村田花看來的確處於緊急情況。應該不是選手的高城加梨，或許是坐立難安吧，人在村田花身旁，幫她按摩腳部。

多虧了我們……這句話掠過腦中。多虧了我們，一直以來都那麼努力練習了。

聲音響起。接力賽開始了。我這邊都還沒準備好啊。

第一跑者佐藤同學跑了出去。他以強力的跑姿晉身領先群。半圈一眨眼就跑完，棒子交給了加藤同學。

嗯？我想。第一跑者佐藤同學的情緒，應該也因此有所波動。

因為，這一棒本來應該是村田花的。是在哪裡改變順序的呢？可以想像大概是因為受傷的緣故，但我不覺得這意味著村田花會變成跑最後一棒。說不定，加藤同學打算跑兩次？我這麼想像。

一回神，我已經被負責的老師叫去，然後根據指示，極力想讓呼吸穩定下來，一邊站上跑道。心跳鼓動到疼痛的地步。望向後方，加藤同學是第三個跑到的，由於每班派出兩隊參加，所以總共有六隊。第一個跑到的是我們班的A隊。A隊的近藤修一接棒，腳隨即踢向地面。轉眼間就已經跑遠，留我在原地。

冷靜下來、深呼吸，就在我這麼想的瞬間，眼前被遞出了接力棒。我只看到加藤同學的手。我伸手抓住接力棒，胸口咚咚高鳴。周遭頓時轉暗，雖然反射性想當場蹲下，雙腳卻使勁蹬地。我將重心放在腳跟，一邊踢地，就像練習那樣，手臂擺動到身體後方時就用力。

視野好狹窄。自己在跑的跑道好細長，就像鐵軌一樣。

周遭的孩子或家長發出聲音。但是，只能模糊看到他們穿戴的帽子、號碼布或手上的相機。身旁景物持續朝後方流動。雙腳逕自沒頭沒腦地踹向地面，但是卻感受不到那樣的觸感。身體在轉彎處傾斜。

我有一下沒一下地看到跑在前方的跑者背影。追上去、追上去，我在腦中拚命發出聲音。

我看到前方的近藤修交棒給最後一棒澀谷亞矢。速度果然很快。我上氣不接下氣，根本沒有餘力懊惱或佩服，但是就在此時，我看到澀谷亞矢整個人頓時前傾快摔倒，嚇了一跳。原來是她的腳稍微絆到了。

衝啊，我已經不只是卯足全力，總之就是拚了命地衝刺。感覺整顆腦袋都在呼吸，完全沒在思考。我移動手腳，不顧一切衝刺。

一心一意就是不想被超越。

我的意識放在握住棒子的那隻手，同時尋找村田花的身影。

得交棒給村田花才行，給村田……就在我這麼想的時候，卻發現那裡並沒有村田花的身影，不禁啞然。

村田花不在。

我滿腦子充滿無聲的混亂。完全搞不清楚現在是怎麼一回事。

是在惡作劇嗎？是有人要讓我不知所措，取笑我吧。

黑暗的想像在我全身流轉。

「這裡！」也就是在這個時候，有人對我喊。

第四跑者的所站位置，是高城加梨在揮手。

為什麼是高城加梨？她明明不是選手啊。

「這裡！」

沒有閒工夫煩惱了。拚命伸長了手的她非常認真，而我也是熱切忘我地使盡全力伸出左手。

就在我將棒子交到她右手的瞬間，我腳步踉蹌地走進跑道，原地蹲下。我已經沒有餘力顧及比賽情況如何，只管著調整呼吸。只是，周遭呼喊聲頓時高漲，那聽來像是歡呼聲，讓我忍不住抬起頭來。

高城加梨強有力地往前衝刺。

在帳篷中手握麥克風、負責廣播的女生以興奮的聲音說：「速度飛快、速度飛快！」

我張大了嘴，動彈不得。

她的速度節節提升，轉眼間就超越第二名，正覺得她跟澀谷亞矢的距離拉近了，接下來就好像若無其事地把人家拋在身後，如疾風般直線衝刺。

哇~我只能持續發出驚愕的聲音。

高城加梨跑過最後一個彎道，以相同速度衝過終點線。

我沒有出聲，一方面由於剛跑完，腿跟腰都軟趴趴的，爬行似地直接走到村田花身旁。看她用手摀嘴，哭泣的表情，就知道她也不知道高城加梨是個飛毛腿。

高城加梨並不開心。她的雙肩低垂，腳步沉重地一回來，只說了一句「抱歉」。不知道她是針對代跑道歉呢，還是為了一直以來假裝跑得慢道歉，雖然不知道理由何在，她看起來卻很畏懼。佐藤同學、加藤同學還有悠太都跑過來，用好多感動的話語轟炸高城加梨，她卻縮著肩膀。

然後，怎麼樣了呢？

我們喪失資格了。

因為跑的孩子與登記選手不符。當然這並不是正式的紀錄賽或大賽，只是運動會，誰都不在乎有人代跑，就只有澀谷亞矢一個人在乎。是不想承認輸給我們，才決定要在乎的吧。她向老師猛烈抗議，就連她媽媽也跑來，固執地堅持主張。至於各班總得分那方面，就算我們隊被判定喪失資格，整體勝負也不會改變。她們最後能得逞，這點應該也影響很大。只是稍微更換接力名次，對整體是沒有影響的。

要說有什麼影響，大概只有從第一名淪落到喪失資格的我們B隊的「心情問題」。

所以，村田花才會到辦公室去，邊哭邊抗議。我跟悠太也跟著過去，最後變成在看磯憲的撲克牌占卜，不過在回家路上，悠太這麼說。

「司，今天的高城加梨很驚人耶。」

「對啊。沒想到會那麼快耶。」

「好帥氣喔。」

「想想嘛，那真的就是……」我提高音調。「比克脫下斗篷的感覺呢。」

「是啊，」悠太說完，提出了疑問：「但是，她為什麼要假裝跑得慢呢？」

我覺得有點瞭解她的心情。要是我跑得非常快，悠太或許就不會跟我玩在一起了。要是悠太是很厲害的飛毛腿，我應該也會畏畏縮縮的，覺得自己窩囊。換句話說，不就是這麼一回事嗎？

運動會之後，高城加梨周遭氣氛有些改變。同學都變得對她刮目相看，話雖如此，高城加梨也沒有因此成為班上的核心人物，還是跟以前一樣與村田花在一起。

而在運動會結束後約半個月，發生了那件事。

引發事件的，還是澀谷亞矢。那是大家正在大掃除的時候。

「這是誰的？」有人發出責難的聲音。一看，澀谷亞矢右手拿著一個首飾高舉著。

我立刻就知道，那是高城加梨戴在脖子上的東西。一旁的悠太隨即也吐露這句：「啊，那個。」

是因為什麼緣故掉了吧。「不好意思，那是我的。」高城加梨小聲說道。她邁開腳步，想去拿。

「喂，可以帶這種東西到學校來嗎？不能戴首飾吧？」

「那有獲得老師允許。」高城加梨一臉緊繃，伸出手去，澀谷亞矢卻一副不給的樣子，將首飾拿得更遠。

「還我。」「要沒收的，這東西。」「跟老師說過了，這是護身符。」「什麼護身符啊！」「還我。」「要不要說請呢？」「請還我。」

「喂，住手啦。」有人這麼說。很遺憾那並不是我，但是彷彿搭著這句話的順風車，接著說出「可以住手了啦」的人是我。悠太也出聲：「還給人家不就好了。」

「不相關的人都閉嘴啦！」澀谷亞矢斷然說道。

「我們又不是不相關，」悠太回嘴。「妳就別再做這種事了啦。」

「哪種事啊？」

「霸凌別人啊。」悠太是有所覺悟了吧，決定在這裡絕不撤退。甚至有種脫去沉重斗篷的輕快感。

「我哪有在霸凌啊。我只是說，這種東西不能帶到學校來而已啊。我為什麼不能這樣說啊？因為高城同學在之前的學校被霸凌過嗎？可能也有部分原因是在被霸凌的人身上吧。」

「並沒有。」沉靜的聲音這時候落到教室內。那聲音老成，卻充滿懇切，本以為是沒看過的人發出的聲音，結果聲音的主人竟是高城加梨。「什麼被霸凌的原因，根本不存在。明明沒錯，卻被霸凌。這種事情多得是。」

我們定定凝視她。村田花全身僵硬，動彈不得。

「到底，在說什麼東西啊？」澀谷亞矢苦笑。「我覺得，就是因為那種感覺才會被霸凌的啦。」說完與一旁的女生互相點頭。「話說回來，這所謂的護身符放什麼在裡面啊？」說完開始扳弄那個首飾。

「不要亂弄啦。」村田花說。

澀谷亞矢，就此停手……當然是不可能的。「這裡面可以放照片吧。硬邦邦的，打不開耶。」她整個人煩躁不安，隨即把首飾扔到地上，用校內便鞋一腳踩上去。

發出慘叫的人是村田花，她照例已經開始哭泣。就連我也滿腔怒火，感受到內心的唐．柯里昂目光銳利、大聲吼叫般的憤慨，想衝過去拽住她。悠太應該也跟我一樣。

但是，在那之前，「絕對不要那樣。」高城加梨說。她以悲傷的眼神，乞求似地說。「真的，住手比較好。」

「住手比較好？怎樣？是有什麼詛咒嗎？」澀谷亞矢從地上撿起首飾。「啊，終於打開了。」她伸手去碰。

眼見她將人家珍惜的東西弄得髒兮兮、慘不忍睹，還毫不在乎的態度，我氣到七竅生煙。只是，高城加梨的沉靜讓我耿耿於懷，全身無法動彈。那麼安靜、寂寥。當村田花想接近澀谷亞矢的時候，她還伸手制止。

「出了什麼事再來後悔也是於事無補的。霸凌別人，是不行的喔。」高城加梨說。

澀谷亞矢是故意充耳不聞的嗎？「我看看，啊，這不是照片嗎？誰的？」說著從壞掉的首飾裡，捏出像紙片的東西。她稍微攤開來，定神一看。然後，面頰抽搐，雙眼圓睜地「欸」了一聲。

「知道是誰的照片了嗎？澀谷同學？妳可是自己踐踏了自己的臉喔。」

怎麼回事？我望著悠太，表情像在這麼說。我遲了一會兒才明白，裝在首飾裡的是澀谷亞矢的照片。為什麼？

「我，很明白澀谷同學會做些什麼。我明白妳對看不順眼的人會做出什麼事。我明白妳會怎麼傷害那個人重視的事情。我就是想讓澀谷同學也嘗嘗這種難受的滋味，才事先把照片放進去的，」高城加梨的聲音很冷靜，面頰卻流淌著淚水。

「我很明白澀谷同學會做的事，不過，要是做出那種事，一切就無法挽回了喔。」

「什麼意思？」

「我以前，也跟妳一樣。」

「什麼一樣？」

「在以前的學校，身為班級核心人物、作威作福，看不起所有人。覺得自己是最了不起的。」

村田花的嘴巴開開，我肯定也一樣。

「所以妳是騙了大家？」澀谷亞矢的質問，應該有點偏離重點了，高城加梨並不是刻意想騙人的。

我想起磯憲的話。「如果說，高城是被霸凌的孩子，有什麼會不一樣呢？」

如果說，是霸凌的孩子呢？

有什麼會不一樣呢？

不一樣，我開始這麼想。因為害某人遭遇悲慘，所以不能原諒那個人。

另一方面，我又聽到磯憲的聲音。「如果轉學過來，想要重新再來，難道不想幫她重新來過嗎？」

高城加梨是想要重新來過嗎？

之後，澀谷亞矢走出教室，剩下我們沉默地繼續打掃。村田花不知道什麼時候不見了。

「唐・柯里昂，霸凌別人的孩子是可以原諒的嗎？」在回家路上，我這麼說。

「不能原諒吧。」

「只是，高城加梨很拚命。」

「唔。」

「之後該怎麼繼續跟她相處呢？」

「你是說我們？」「不，是村田花。」

「唔。」

「她們還能像以前一樣當朋友嗎？」

「不知道，只是……」悠太說。接下來那句話，好像也是出現在電影《教父》裡某人的台詞。「別憎恨敵人。」

「欸？」

「別憎恨敵人。判斷會變得遲鈍。」

「判斷嗎？」「唔。」

未來

「老師當然早就知道了吧。」

我這麼一說，從病房的病床上坐起身的磯憲回答：「高城在之前學校做過的事嗎？因為事前會有聯絡呀。」

高城加梨的霸凌做到什麼程度？那樣的霸凌是不是很惡質？被霸凌的孩子後來怎麼樣了？我們直到最後都不知道。

「但是，總覺得有很多不同的思考。」

「什麼思考？」

「我連現在，看到被霸凌的孩子自殺的新聞，就會深深覺得絕對不能原諒加害者。」

「我也是啊。」不知道磯憲這話有多認真，他說完一笑。「實在無法接受加害者過著幸福的人生呢。」

「身為老師，可以說這種話嗎？」

磯憲又笑出聲了。那時候的我不知道，他對於轉學過來的高城加梨抱持什麼樣的心情，又是決定怎麼對待她的。

「她是為什麼，要假裝跑得慢呀。」

「不知道耶。可能是覺得，自己不能變得引人注目吧。」

「是認為，必須成為像村田花那樣不起眼的存在嗎？」

「你這樣對村田花很失禮吧，」磯憲眼角擠出皺紋。「只是，我呢……」

「什麼？」

「當時很希望，高城加梨能幸福呢。」

我想起那時候的自己。不禁眺望病房窗外，隨風搖曳的群樹。

我與悠太的別離，突然降臨。那是在小學畢業後，原因是我父親的工作調動，說到底，都是父親公司人事室害的。「到日本南端──沖繩去吧」，這是多麼粗暴的指令，竟能若無其事地下達這種指令的公司，甚至讓我不寒而慄地感到「這是什麼恐怖的存在」。我與悠太起初還會通信聊天，但是每天的生活越來越忙碌，而且都不知道父親公司人事室這麼做到底有什麼好玩的，接二連三使出「人事異動」的必殺技，我也跟著到處搬家。

這次來見磯憲，也只是多虧公司客戶認識的人，是磯憲學生這樣的偶然，否則我也沒辦法來見小學時期的導師。

「現在沒跟悠太他們見面嗎？」

「偶爾會想起，想說大家現在不知道在做什麼就是了。」

這不是謊話。每次只要追溯起孩提時期的回憶，場景中一定有悠太，有

「唐．柯里昂」這樣的稱呼。

「要不要看這個？大概是去年寄過來的吧。」磯憲是在之後拿出相片的。是什麼啊，我正這麼想，照片是三個年輕人。一男兩女，朝我們笑著。

我沒花多久時間，就認出那是悠太。

「好像是悠太結婚時的照片，你知道他是跟誰結婚嗎？」

「不會吧。」

「是村田，在照片裡吧。」

「這個嗎？」被這麼一說，的確有村田花的感覺。那麼，另一位女性是……我想。也不太清楚還有沒有殘留小時候的模樣，而且又化了妝，我無法判斷，只是覺得「說不定是……」

看到照片中的他們笑著，我也開心起來，知道他們擁有打從小學持續至今的深厚情誼，我也感到幸福。同時，被迫察覺在他們一路走來共享的時間中，自己無法參與，一股彷彿在體內刨出一個洞的寂寞隨即襲來。

那段時光已經回不去了呀，當這個理所當然的事實被攤在眼前時，胸口也開始感到痛苦。

「為什麼哭呢？」磯憲問我。

啊~唐·柯里昂，我呼喚著。

「怎麼了？」

為什麼我的淚水停不下來呢？

「唔。」

非オプティマス

非柯博文

★

耳邊傳來東西掉到地上的聲音，肚子一陣緊縮，又來了。

原本在黑板上寫問題文的久保老師回頭。

騎士人若無其事地撿起筆盒，那是鐵製筆盒。「抱歉，發出巨響」，他完全沒有像這種不好意思的感覺，既然是故意的，這也是理所當然的吧。

久保老師似乎有話想說，末了還是轉回去寫板書。

結果，其他地方又有鐵製筆盒掉落，碰撞地板發出聲響。

就在久保老師回頭的時間點上，其他鐵製筆盒再次掉落。

煩死了。

我知道，騎士人他們很樂在其中。妨礙課程，看到久保老師覺得困擾，覺得很愉快。

要幹嘛隨便你們，但是課程無法進行就是給別人添麻煩。騎士人他們都在升學補習班念書，而且瞄準國中升學考試，學習進度都已經超前再超前，根本沒問題吧。

但是從我們的立場看來，誰受得了啊。

「注意別再掉東西了。」久保老師說。

「文弱書生」，有人查到了這個用法。翻開辭典，上面寫著「臉色蒼白，沒有精神的人」，久保老師真的就是這樣。明明很年輕，卻完全沒精神。據說是大學剛畢業，今年到我們學校來任職，所以擔任小學老師的經驗幾乎是零，是個典型的不可靠老師。

「既然是新任老師，一開始不是應該負責更低年級嗎？」媽媽前一陣子還嘮叨個沒完。「這話說出來也不好聽，但是看起來就是不可靠。要教五年級，有沒有辦法好好教啊。那個樣子可是會被孩子騎到頭上去的。」

已經被騎到頭上去了。我把這句話忍了下來。

「畢竟，起初開家長會那時候，我可是嚇了一跳呢。」

「為什麼？」

「起初還好，中途突然整個陷入沉默。」

「怎麼會那樣啊？」爸爸眉頭深鎖。

「可能當場不只有媽媽，還有些爸爸在，所以怯場了吧。」

「喂喂喂，那實在是不行耶。」

「為什麼又當高年級的導師呢，崇志的老師反倒比較能幹呢。」

弟弟崇志二年級，導師是年輕女性，不過看起來的確比久保老師幹練俐落。

崇志本人也不知道是不是對我跟父母的對話沒興趣，忙著玩手上的平板電玩，讓我開始羨慕地覺得：「悠哉悠哉的還真好。」

「唉，學校這種地方，就跟公司一樣吧。反正就是必須把某人擺到某個職位上。職員是有限的，又不可能讓優秀的人兼職，總有什麼部分會連帶受到牽連的。」爸爸不論說什麼，總感覺在生氣一樣。「最近動不動就會被吵什麼體罰啦、暴力啦，老師也是很辛苦耶。像我們小時候啊，隨隨便便就會被揍一頓了，小孩子就是這樣學習的。」

「我覺得那種做法也有問題就是了。」

「要是被孩子騎到頭上去就完了啦。」

「啊，將太，話說回來，轉學生怎麼樣？是姓保井嗎？變熟了嗎？」

保井福生升上五年級就從東京都轉學過來。身體瘦長，個頭嬌小。有張類似倒三角形的臉，嘴巴嘟嘟的。

「啊～轉學生，」爸爸可能之前也從媽媽那裡聽說過吧。「老穿一樣衣服的那個吧。」

因為他常穿看來廉價的衣服，所以曾被騎士人他們嘲笑是「廉價福生」。我是不知道廉不廉價，只是他的衣服老是一樣，而且材質有夠薄的。那是沖繩紀念品吧，衣服上印著「ＯＫＩＮＡＷＡ」的標誌，不過就連那個標誌都已經斑駁，看不到了。那樣子，甚至讓人想知道衣服到底洗了多少次。不過就是衣服而已，買就好啦。某個女生還曾這麼說過。我也有相同感覺，不過所謂「廉價或高貴」的感覺因人而異，因家庭而異，這也是事實吧。

福生也很堅強，甚至能說出這種奇妙的反駁：「我說啊，我的衣服不光是廉價還很薄。所以，要是想幫我取名的話，不叫『廉價．薄衣．福生』，是不行的吧。加上一個中間名。」

那個福生，現在出聲了。他從靠走廊那排的第一個位子突然起立，一回頭就說：「拜託喔。請問，把鐵筆盒弄下去有什麼好玩的啦？」原本嘟嘟的嘴巴，現在更嘟了。

「怎樣啦你，福生。」騎士人訕笑回嘴。

「這會對想用功念書的我們造成困擾耶。」

瞬間，教室內一片鴉雀無聲，久保老師也目不轉睛地看著福生。

「上課時間就這樣越來越少，希望你們把錢還來。」保井福生夾雜著嘆息，一邊搖頭。

過了好一會兒，各處才開始出現困惑的對話「什麼錢」、「營養午餐的餐費嗎」、「小學要付學費嗎」。

「什麼東西啊，保井，一副了不起的樣子。」

「我沒有什麼了不起的啊。如果要把鐵筆盒弄到地上去，回家弄就好了啊。」

「就不是故意的啊。不小心掉下去的，有什麼辦法啊。」

「你們兩個都別再說了。」久保老師企圖將情況拉回正軌，不過這種不帶情感的空洞說法，只能發揮用團扇搧出柔風一般的力道。他搞不好也沒有想要拉回正軌的意思吧。

「好了，總之，我們繼續上課吧。」久保老師像是重振精神地說。「機會難得，就由福生你來唸吧。」

福生回答：「是的。」然後就坐下。「啊，話說回來，我忘記帶課本來了。」他繼續說。

驚呆了，這個詞彙說的就是這麼一回事吧。「還說什麼用功念書……完全沒這個意思嘛！」這不知道是誰說的，久保老師也忍不住露出苦笑。

★

我從沒想到，那天會跟福生拉近距離。

放學後，當我穿過學區內的兒童公園要去補習班時，福生就在那裡。他還是穿著那件變得很單薄的T恤，彎腰窺探公園邊邊的花壇。他到底在做什麼啊？雖然耿耿於懷，但是怕補習班來不及，我就直接走了過去；沒想到後來回家，在幾乎西沉的夕陽中看到他那件白色T恤閃閃發亮，讓我大吃一驚。怎麼還在啊？

「你在幹嘛啊？」

「啊～」他的臉往旁邊一撇。「只是在找好玩的蟲子啦。」

「有，好玩的蟲子嗎？」

「就說在找了嘛，將太呢？」

「補習班。」我舉起袋子。「福生沒有什麼補習嗎？」

「我們家不可能啦，又沒錢。」他一派爽朗地斷言，隨後又補上讓人在意的一句：「現在這樣是裝的。」

「現在這樣是裝的，什麼意思？」

「這是避人耳目的偽裝樣貌。」福生流利地說。

避人耳目的偽裝樣貌，我覺得應該聽過這樣的表現，只是一時之間沒辦法會意到底是什麼意思。

「大家都覺得我是窮人家的孩子，全都把我當笨蛋。」

「我覺得沒有啦。」

「至少，有在輕視我吧。不過，這只是假裝的樣貌而已。」

「所以實際上是有錢人？」

「說不定喔。」保井福生點了頭，但是視線很明顯地閃開，我知道他是在逞強。

「不是嗎？」

「就算現在不是，將來也可能變得富裕，對吧。因為，現在是假裝的樣貌。你知道變形金剛吧，還有拍成電影。」

「是車子會變形成機器人的那個。」

「正確說來，不是這樣的。那是來自賽博坦星的外星人，只是變成車子的樣子而已。」

「啊，是喔。」那是哪裡不一樣了？

「最高指揮官柯博文[5]平常是維持大卡車的型態，有突發狀況的時候……」
「所以說，福生也會變形囉？」
「這只是比喻啦。到那個時候，現在把我當笨蛋的人，會很難堪吧。」
「是嗎？」
這時候傳來短暫高亢的聲響。
就在我們所在之處的旁邊路上，停了一台腳踏車。周遭已經是一片昏暗，我嚇了一跳，不過騎腳踏車的人好像在哪裡看過。定神一看，發現那是同學—潤。他的臉龐閃耀光芒，而且還在用手擦拭雙眼附近，我的心情為之波動。
「潤，你在哭什麼？」福生沒有任何小心翼翼，直球詢問。
大概是沒料到漆黑的公園裡，竟然會有兩個同學在，潤發出小小一聲慘叫，差點連人帶車一起往旁邊摔倒。其實，是幾乎已經摔倒了。他發出巨大聲響，然後環顧四周。
我跟福生一起把潤拉起來。
你們在這裡幹嘛啦？我上完補習班要回家。我找蟲。蟲？經過這樣的對話後，福生又問了一次：「你在哭什麼啦？」
「你很粗線條耶。」我指責。

「但是，他就是在哭嘛。」

「只是跟家裡吵架而已啦。」潤輕聲說。

「家裡？跟媽媽？」

「我們家只有爸爸。」

喔，我說。會冒出這樣死板、感覺漠不關心的回答，是因為我不知道該怎麼反應才是對的。潤的父母好像在他小時候就離婚了，我本以為如果孩子要從父母中選擇一邊生活，不就是應該媽媽那邊嗎。

「對了，之前遇過吧，潤的爸爸。」我想起來。

大概一年前，我們全家去DIY用品店時，潤跟他爸爸也來買東西。正因為是體型壯碩、運動拿手的潤，他爸爸感覺也很擅長運動呢……我還記得當時隱約這麼覺得。

「對耶。」潤也點頭。

「你爸爸，也很辛苦吧。」雖然不知道養兒育女是怎麼一回事，但是可以想像，原本應該兩人合作過關的遊戲，如果變成只有一個人來操作，難度會提高吧。

5. 英文原名為 Optimus Prime。

「很辛苦沒錯，但是那張臉那麼臭，一點點小事就隨便對我發火，誰受得了啊。」潤的視線一邊閃開，好像是因為被罵，受不了跟父親兩個在家獨處，所以才騎腳踏車出來閒晃的。

「潤，你忘記了很重要的事情。」福生又一副了不起的樣子說。

「忘記什麼了？」

「父母也是人。」

「我知道啦。」

「所以，你也知道人不是完美的吧。會火大、會不知道怎麼辦、會煩惱。會做出讓人覺得『欸～怎麼會做出那種行為啊』的事情來。明明不論怎麼想一定會吃虧的事情，也做得出來喔。」

「是這樣的嗎？」

福生的說法是很武斷的，也讓人想反駁，但是明明很快就會被抓，還是會動手殺人，這樣的人事實上的確存在。所有人在被氣到、被嚇到，覺得再也受不了的時候，就會做出原本可以不用做，或是不做比較好的事情來。

「潤的爸爸，有時候也會想要亂發脾氣吧。」福生說。「遇到什麼討厭的事情或是難受的事情，就會想要遷怒到什麼東西上。就是這樣的吧。」

「就像自己跌倒了，就會想去踹附近的石頭一樣？」

「對對對。」

「我是石頭喔。」潤好像很受不了地笑了。之後說著：「那我走了。」騎上腳踏車。

「我也要回去囉，福生也是吧。」

潤的腳踏車很快就看不見了，然後我才想到，我跟福生還有潤三個人，一直以來還沒一起說過話呢。這就像是和食、洋食還有中華料理並列。

「潤也有自己的各種煩惱呢。」我低喃。運動拿手又長得高的潤，在班上也被大家另眼相待。我原本自顧自地想像，他每天一定都很快樂吧，實際上卻不是這樣的吧。

「煩惱這種東西，每個人都有啦。」

「但是，騎士人就沒有，不是嗎？」

聽到我的話，福生意外地沒再點頭。「我想就算是那傢伙，也是有煩惱的喔。」

是這樣的嗎？

★

上課途中，鐵筆盒掉落，又發出聲響。又來了喔，我覺得很受不了。好煩喔，大家應該都有相同心情。騎士人及其周遭，發出感覺愉快的輕微笑聲。

「怎麼又來了，很吵喔。」久保老師說。

很吵喔，用這種輕巧的說法是不行的。絕對應該要嚴厲喝叱才行，但是這個臉色蒼白、沒有精神的「文弱書生」老師，好像做不到。

「要事先把鐵筆盒放在不會掉下來的地方。」久保先生只是說出這極度理所當然的叮嚀，然後就繼續上課。

要是被孩子騎到頭上去就完了啦，腦袋深處響起爸爸的這句話。的確是這樣耶，自己也有部分同意。

下課時間，我過去福生座位那裡。

相較而言，在教室常獨自一人的我，和那個不用說很明顯地永遠都是獨自一人的福生湊在一起，我也擔心可能會被說是……如果用最近從電視上學到的用語，就是「同病相憐」，但是連這種東西都要在乎也很無聊就是了。

「所以你那個時間都在公園？」

這麼一問，福生拿出下堂課的課本，「常常喔，」一邊這麼回答。「也不是都在做那種事情就是了。」

這沒好氣的回答，讓我開始後悔不該來攀談，但又不甘願就此打退堂鼓。

「喂，將太，是要送衣服或什麼的給福生嗎？」騎士人以嘻皮笑臉的語調說，一邊接近。

有夠煩的耶，真心話幾乎脫口而出。

「這個啊，在下個月的假日，可以的話就來吧。」他說著遞來一張像傳單的東西。

一看，好像是在市民廣場的活動，上面寫著電視常見的幾個演員也會來。

「這是我爸公司策劃的活動喔。」騎士人一副冷靜的樣子，卻很明顯流露自傲。那字字句句、每個表情變化所表現出的洋洋得意，簡直就像冉冉竄升的蒸氣。

騎士人的爸爸是無人不知、無人不曉的企業大人物……聽說是這樣。媽媽也曾經說過：「騎士人同學的爸爸，好像很厲害喔。」還說什麼：「既然給孩子取了這麼特別的名字，還以為一定是那種父母親的，結果錯了呢。」

那種父母親的「那種」是什麼意思，我不太明白。而且如果是有名企業的大人物，「那種」印象就會因此改變嗎？我懷抱著雙重疑問。

當下浮現腦海的是，只吃過一次的起司。那起司味道很嗆，還以為腐壞了，所以立刻吐掉。只是，事後媽媽告訴我說：「那很高級耶。」才突然之間覺得那是珍貴的東西。內容明明沒有改變，味道卻因為資訊改變了。

是跟那個一樣嗎？

爸爸也是，一聽到騎士人父親的資訊就說：「你先去和騎士人同學當好朋友可能比較好喔。」雖然是半開玩笑，但是從中也可以聽出爸爸的真心。

「我才不跟騎士人當好朋友呢。又不是同一種人。」

「像這樣主觀認定什麼，可是會吃虧的喔。」

我感到內心浮現一個巨大的問號。

現在主觀認定的人是誰啊？

「我有時間的話，會去喔。」福生一把搶過我手中的傳單。

騎士人以耍酷的感覺說：「請多指教。」隨後又補了一句：「對了，活動免費，放心，不用花錢的。」

「那可真是幫了我一個大忙呢。」完全不把人家諷刺當一回事，能誇張地這樣回答的福生真是了不起。

等到騎士人走了，福生粗魯地將傳單塞進桌子。「真受不了這種愛逞威風的傢伙耶。」

「騎士人？」

「該說是愛逞威風嗎，就是一副了不起的樣子。言行舉止感覺就像『我才是這班上的柯博文』。」

「你喜歡，變形金剛喔。」

「沒有啊。」

「明明常用來作比喻。」

「我說啊，」福生根本沒在聽我指出的點。「我們稍微，讓騎士人吃點苦頭啦。」

「苦頭是……」要是吵架什麼的，吃苦頭的會是我們吧。又或是，別看福生這樣，其實他很習慣吵架之類的。

「不就是那樣嗎？看看這個社會嘛，讓政治人物失勢的並不是暴力。你覺得是什麼？」

失勢……我不太懂這個詞彙的意思，但是可以想像「意思大概跟失敗一樣吧」。雖然覺得麻煩，我還是一邊回想最近在新聞裡低頭認錯的政治人物，一邊說：「做了壞事之類的？」

「對對對，」福生似乎很滿意。「重要的是……」

「是……」「掌握對方弱點。」

「喔，」與只能這麼說的我兩相對照，他就像是要跟政治人物決戰的新聞記者一樣板起臉來。「你知道柯博文一句有名的台詞嗎？」

「什麼？」

「『我有個好主意。』」

當柯博文這麼說的時候，事情的發展往往不會順利……我是到後來才知道這件事的。

★

「將太，你東張西望地在看什麼啦？」福生走過來對我說。

這是車站前拱廊附近的大十字路口一角，我們放學後先回家，然後再到這裡集合。

「帶來了嗎？」被這麼一問，我從包包裡拿出沉重的收納包。「有喔，最近都沒在用，花一番工夫才找出來的。」

「我家沒有什麼家用攝影機嘛。」福生窺探我交給他的收納包裡面。那是家用攝影機。

我好像還在東張西望的。

「將太，你是在怕什麼啦。」

「可是……」

「你要是那樣會穿幫的啦，到時候就可惜了作戰計畫。」

太陽已經逐漸西斜，白天的光亮就像用旋轉鈕調過，變得頗為昏暗。

福生的作戰並不複雜。他在學校的下課時間說，騎士人他們今晚約好要在站前的電子遊戲場玩。

「在學區外，而且比學校規定的時間還晚。這就是充分的，壞事。」

「是要拍下證據場面，交給老師？」

「那樣也行啦。」福生雙眼認真。「單純當作我們自己的武器也行。」

「當作武器？」

「就是掌握弱點呀。就算騎士人他們以唯我獨尊的感覺行動……」

「我們才是柯博文。」

「對。到時候，我們如果握有他們做壞事的證據，隨時都能牽制他們說『東西要交出去喔』。」

牽制，福生的腦袋好到能運用這種艱澀的詞彙。「原來如此。」我雖然這麼回答，卻對區區學區外的行動影像，有沒有辦法讓騎士人他們害怕懷抱疑問。

有多少效果還是個未知數，其實都想說出最近從書上學到的那句話「事倍功半」了。就算是這樣，我還是決定陪福生一起，單純只是因為好像很好玩而已。

我在學校是有幾個朋友，但是也沒什麼朋友能在放學後一起玩。一方面也是因為，我本來就不擅長吵吵鬧鬧的，而且也覺得校園生活就是這麼一回事。對此，並沒有特別不滿。不過，福生的邀約除了感覺麻煩，同時還帶著喜悅，總感覺像是個冒險，讓我沒辦法拒絕。

「你看，在耶。」

只見騎士人他們走進拱廊。他們一身大人樣的裝扮，身高也夠高，看起來也不是不像國中生。

福生拿著裝有家用攝影機的收納包過去，我也慌慌張張追上去，心跳加速。拱廊下有很多人。迎面而來的大人，感覺都一齊望向我與福生。這時候，我察覺到一件重要的事情。為什麼到這個時候才察覺呢？不對，應該說為什麼在這之前都沒有察覺呢？

福生，等一下。

我是想要叫住他的，但是聲音被交織穿梭的人群一踢，就不知道滾到哪裡去了。

福生飛快前進，大概是很努力地不想跟丟騎士人他們吧，步幅也變得好大，為了追上他，邁開大步。

由於沒掌握到騎士人他們要去的那家電子遊戲場，要是一跟丟，追蹤還有作戰就完了。

結果，我們徹底跟丟了。

正確說來，是被紅綠燈妨礙的。

寬敞大馬路的紅綠燈正在閃爍時，騎士人他們用跑的即時過去了，我們卻來不及。

「糟了耶。」我們懷抱著像是跟蹤失敗的偵探的心情，呆站在紅綠燈前。騎士人他們應該在所謂「馬路」這條大河的對岸，我們伸長脖子企圖察看他們的動向，但是由右至左、由左至右的穿梭車流，讓他們逐漸消失在視野中。

「搞砸了。」福生好像很懊惱。

「不過還好耶，我剛剛才察覺到重要的事情。」

「什麼？啊，拿著家用攝影機會穿幫？嗯，很顯眼就是了。」就在福生頂著臭臉開始這麼說時，燈號終於轉綠。「不過那個問題總有辦法解決的。」

福生雙腳踢向地面，大概是還沒放棄吧，他蹦跳似地跑過斑馬線，我慌慌張張跟在後面。

不是那樣的啦，跟攝影機無關。

一過馬路，才剛進入前面拱廊，右手邊就有一間大型電子遊戲場。「可能是這裡。」福生說完，也沒等我回答就穿過自動門。

他不管三七二十一就自作主張地自己衝，果然，還是別跟福生有什麼牽扯比較好。別跟他親近了，我一邊下定決心，走了進去。

我想告訴福生的事情很簡單。

「小孩子不能自己跑到學區以外的地方去」、「如果超過規定時間，就不能在外面玩」，我們來這裡是為了拍下違反這兩項規定的場景。為了掌握對方弱點，這是福生說的。只是攝影的我們，不是很明顯地也違反了這兩項規定嗎？

本來是想掌握對方弱點的，結果也會變成被對方掌握弱點。

如果是騎士人，絕對會反過來指責說「你們也是同罪吧」。

這個作戰是有陷阱的。不，是名為「作戰」的陷阱。

在電子遊戲場裡面，我想叫住暢行無阻地穿過夾娃娃機台區的福生。

結果，有人從背後叫我說：「啊，你等等。」回頭一看是制服員警，我的腦袋頓時一片空白。

大概是察覺到有異狀，福生回過頭來。他當下流露出的那副「啊」的表情也不太妙吧。

「你也是一起的嗎？」

兩個警察叫住我跟福生，把我們帶到店外去。抵抗、反擊、逃走都是不可能的，我們乖乖順從。在這個時間點，我滿腦子充塞著「一切都完了」的念頭。一切都完了，都被警察抓了，事情一定會很嚴重的。之後不能再上學，爸爸也會爆怒。我們小時候隨隨便便就會被揍一頓了，他可能照例會這麼說，但是一定會更傷心的。

我望向福生，他頹然垂著雙肩。他平常就已經夠單薄的T恤，好像變得透上加透，似乎連身體都變透明了。臉色也很差，倒三角形的輪廓變得模糊不清。我肯定也是同樣的一張臉。

「你們是小學生吧？應該有人教你們，這種時間不能進去這種店吧？」

我沒辦法好好注視眼前稍微彎腰，溫柔對我們說話的警察。那種溫和的語調格外恐怖，感覺從前面經過的人，都像在看犯罪的孩子一般眺望我們。

店內遊戲機台流洩出的嘈雜樂天音樂，彷彿在嘲笑我們。

我的聲音變尖，無法回答，只能點頭，福生應該也是相同反應。

「啊，抱歉。」就在這時候，眼前出現一個人跑過來的身影。

制服警員的視線轉向聲音的主人。我也是。

起初，我的心情陷入絕望。就像是才被老虎襲擊，背後又有獅子逼近。

「啊，老師。」「久保老師。」

我跟福生同時這麼說。老師一身厚夾克的裝扮，跟今天在學校的時候一樣。被警察罵的時候，又被導師目擊，真的是禍不單行。

「老師？你們的？」警察對我們說。

「是的。」

這麼一來，肯定會挨罵的啦，我想把肩膀整個縮起來。只是，老師嘴裡說出的台詞，卻與預期不同。「哎呀，對不起，我只是稍微請他們幫個忙而已。」

幫忙？

「是的。」久保老師報出全名後，說出國小名稱。「我身上沒有名片，不好意思。只是您如果去詢問看看應該就會知道的。」

「所謂的『幫忙』是……？」

「我接到電話說班上的孩子跑到電子遊戲場，要是發生什麼事情就糟了，所以趕緊來找，不過找不到人。」

「那，不是這兩個孩子嗎？」

「這兩個人是因為父母有事剛好來這裡，所以我就拜託他們分工合作，到電子遊戲場裡面找找。真的很抱歉。」

「在這種時間讓小學生……」

「電子遊戲場是不行的吧。」久保老師搔著頭一邊低頭。「一個人找也是有極限的，所以還是做出了這樣的請託。他們沒有錯。」

警察兩人你看我、我看你。我也與福生四目相接。

最後，警察就以「好吧，這次就睜一隻眼閉一隻眼」的態度離去。他們原本也掛心地問：「你剛說的，人在電子遊戲場內的孩子呢？」久保老師一說明：「後來解決了，據說好像認錯人了，正好剛剛才接到聯繫呢。」他們似乎就接受了。

至於被留下的我們，久保老師並沒有開罵。豈止如此，他甚至也沒問我們人在這裡的原因，只說了句「要小心喔」，就放我們走了。

沒兩三下，就看不到人影。

如墜五里霧中。如墜三里霧中，是幾里啊？

「久保老師救了我們是很好啦，但是這個人怎麼搞的啊。」身為一個老師，實際上該做的不是應該問清楚我跟福生為什麼在這裡，然後生氣說「這樣不行喔」或什麼的，然後好好指導我們嗎？

「那也不是說溫柔，根本就是漠不關心好不好，完全沒有當老師的自覺嘛。」

「對啊，久保老師有點怪耶。」

並不是不罵，或許只是做不來而已。「漠不關心」，這個詞彙實在貼切。雖然淡然地處理手上的工作，卻沒打算插手每個孩子各自的問題或不同狀況。

「請問……」

禍不單行、福無雙至。

那時候，竟然又有人對我們出聲。緊接著警察的是學校老師，緊接著學校老師的是……一看，是個陌生女性。對方穿著套裝，要說是家長嘛，又過於年輕。是誰的姊姊嗎？我想。

福生很明顯地也是滿臉狐疑。

「不好意思，這麼冒昧。請問，你們是久保的學生嗎？」

久保，這種叫法好新鮮。我煩惱著，該不該認真回應。

福生大概都沒這樣的煩惱吧。「妳認識久保老師嗎？」就這麼直接接話。

「以前，有點交情。」

「是前女友嗎？」「喂，福生！」

套裝大姊姊輕嘆了口氣。本以為她笑了，表情卻很寂寥。她搖頭。「不是啦。就像是大學時期的同學而已。只是我的朋友，久保的……以前跟久保交往過。」

「所以現在不是了吼。意思是說，現在已經不是情侶了。」

久保老師舊情人的朋友，我在腦海中描繪關係圖。感覺好像很近，又好像很遠。

大姊姊又流露悲傷神情。從電子遊戲場放射出的音樂，都被吸進了姊姊悲傷的表情裡。

「說不定，或許也可以說『現在也是』吧。」

「找我們有什麼事嗎？」

「啊，就只是想知道，久保老師他好不好。」

「這什麼問題啊。」

「剛剛，在那邊有場演講。你們知道什麼是演講嗎？是針對老師的演講。啊，別看我這樣，我也是學校老師喔。我跟久保，大學的教育學程是一起上的。」

我聽成「叫魚學成」，反正就是認識的意思吧。

「我在那場演講，就覺得有個人好像久保，結束後本想去找他說話的，後來就不見人影了。剛剛追過來一看……」

「已經開始跟警察說話了吧。」

「我還以為久保做了什麼，嚇了一跳。」

「老師才不會做壞事呢。」

「所以是有好好在當老師吧。」

「有沒有『好好』就不知道了。」

「是嗎？」

果然是這樣嗎？她好像也想這麼說的樣子，讓我很介意。

「總覺得他有氣無力的，還是該說對孩子漠不關心。」福生說明。「剛剛也是啊。很乾脆地扔下這時間還在外面晃的我們，不知道跑哪裡去了。」

文弱書生，我差點脫口而出。

大姊姊不知道為什麼，好像很能理解一樣，寂寥地說：「是嗎。也是啦。」

也是啦，這句話是什麼意思呢？

「我跟你們說喔，久保他其實根本就不是什麼有氣無力的喔。他本來好期待成為小學老師，而我，也覺得久保會成為好老師的。」

「預測好像很意外地都會不準耶。」

我很介意她的那個「其實」。所以是說，現在不是真的囉。

「久保老師他說過，除了念書，還想教各種不一樣的東西呢。」

「想教，各種不一樣的東西呀。」

「久保在學生時期，是那種拚命思考一些無關緊要的事情的人。像是，為什麼不能體罰啦，法律沒有規定的如何讓人遵守啦。」

「什麼東西啊。」

就在我開始懷疑，這位大姊姊嘴裡的久保跟久保老師應該是不同人的時候，大姊姊說著：「不過，也是啦。事到如今，怎麼可能跟那個時候一樣嘛。」她接著道歉：「不好意思，把你們叫住。」隨即朝久保老師離去的反方向邁開腳步。

「福生，剛剛的大姊姊，到底是怎麼一回事呀？」

「不知道耶，只是……」「只是？」

「我只是覺得，老師也是人，也有屬於老師自己的、學校以外的人生耶。」

「本來就是這樣啊。」我雖然這麼說，剛剛也在思考同樣一件事。

★

「下星期的課堂觀摩，爸爸也去看看好嗎？」

在晚餐的場合中，其實也不到稱為「場合」那樣冠冕堂皇，當我正在餐桌上狼吞虎嚥著媽媽的料理─那些沒有像什麼「炸雞塊」、「炸豬排」等明確名稱的無名菜餚時，爸爸這麼對我說。

「我們學校，是不說『課堂觀摩』的，對吧。」媽媽一邊說明。

「不用上班嗎？」

「好像正好可以請到假，只有媽媽一個的話，還要來回跑崇志那邊，也很辛苦呢。」

媽媽又上了一道，等候命名菜餚之二，一邊說：「還有那個，將太的導師久保，有點靠不住吧，所以也想請爸爸看看呢。」

爸媽是背著我商量過了吧。

就算我這個時候說「不要來」，爸爸也會來吧。弟弟崇志已經興高采烈地說：「爸爸要來看我們嗎？」事實上，我也沒有反對的理由。爸爸對於久保老師感覺如何，我也有興趣想知道。

「但是呢，家長到的時候，上課也會和平常不一樣，不知道有沒有參考價值就是了。」媽媽說。

的確正如媽媽所說的。

到了家長來的那天，騎士人他們也沒辦法再妨礙課程了吧。

我錯了。

隔天，一大早就看到騎士人他們臉湊在一起，才納悶在幹嘛呢，原來是在商量「家長來觀摩的那堂課，把鐵筆盒弄掉的相關計畫」。雖然裝出一副秘密磋商的樣子，但是周遭聽得一清二楚，對於他們而言，感覺上或許就像是在自豪地宣布自己準備了一場好戲。

「真的很煩耶，」我一到福生桌子旁，他打從心底露出一張嫌惡的臉。「真是的。」

「糟了耶。」

「什麼？」

「好討厭喔，我爸會來，他感覺會生氣耶。」

「生誰的氣？」

「老師的。因為他老是說，對於小孩子，好好教訓一下也只是剛好而已。就是因為太軟弱，才會被騎到頭上去的。」

「是鐵拳制裁派呢。」

「所以，還是一定得那樣才行嗎？」「哪樣？」

「不嚴厲，就不可能阻止壞事嗎？」

「那是當然的啊。人家不怕的話，所有人都會為所欲為啦。像是把鐵筆盒弄掉，你覺得要怎麼樣才能阻止呢？要是不生氣罵說『不要亂搞！不要妨礙大家上課！』然後呢，呼巴掌或什麼的，讓他們吃苦頭，就沒辦法阻止的啦。」

要是看以前的漫畫，會變成「到走廊去罰站」吧。但是現在，那也會被視為體罰。那麼一來，如果是騎士人，可能會說著「可以蹺掉無聊的課，超幸運的」，然後在走廊上偷偷拿出手機打電動吧。反正久保老師大概也只會呆呆說句「不能帶手機」吧。

如果出手揍、大聲吼，對方可能會害怕，然後遵守規定。但是，那樣就能解決問題嗎？我只覺得內心悶悶的，無法說明自己的疑問。

騎士人雀躍的聲音從後方湧來。

門「喀啦」一聲開啟，久保老師走進來。我慌慌張張回到座位，反觀騎士人則是悠哉悠哉地移動。

「開始上課囉。」久保老師的說話方式一如往常地沉穩，與其說是沉穩，其實是無力；騎士人像瞧不起人似地回答：「是、是、是。」

果然，不兇狠嚴格是沒辦法的吧。

我明白，自己逐漸被「用力量壓制派」吸引。

更何況，久保老師課程中數度發呆，被孩子指責說「老師，請振作一點」。這已經超越了「不可靠」，讓人為他擔心了。

★

「聽說老師的女朋友死掉了，是真的嗎？」

那是在吃學校午餐的時候，吹奏樂社的女生突然這麼說。她平常都乖乖的，上課時就不用說了，休息時間也都靜靜的，莫名其妙突然這麼發言。

只見騎士人在旁邊滿意地笑，很明顯就是那傢伙要她說的。雖然是狡猾的做法，比起這個，我更在乎她的發言內容。

老師的女朋友死掉了，這是什麼意思。

教室內一陣喧譁，班上大概有三分之一好像早就知道了，剩下的三分之二開始竊竊私語「什麼東西」、「什麼東西」，想要獲得資訊。

嘗試收集周遭嘰嘰咕咕的話語片段後，得知好像是某人硬要追問老師「有沒有女朋友」時獲得的資訊，但是也不知道這件事情是真是假。

「真是消息靈通啊。」久保老師或許是想一笑置之，但是他的臉龐抽搐，聲音也變得尖細。

騎士人策劃的那支箭，正中老師的痛處了吧。

「這樣啊。」久保老師自言自語似地冒出這句話。「應該事先跟大家說的吧。」

是因為秘密即將被揭露，內心懷抱著期待與恐懼吧，全班鴉雀無聲。這時候，騎士人破壞了當下氛圍。「老師如果希望人家問的話，我可以幫忙問喔。」

有幾個人被逗笑了，我很不爽，福生應該也一樣，他一副現在就要站起來的樣子。

「老師在大學時期交往的女生，因為交通意外死了。大概是兩年前吧。」

據說，久保老師當時也在現場。不是這裡，是走在其他市的大馬路時發生的。

「那時候，不知道哪裡傳來聲音，好像是馬路對面有個攔停計程車的男人，錢掉了。好幾枚硬幣掉到地上，甚至滾到我們這邊來。她突然衝出馬路，想幫忙撿錢。那時候剛好沒車子經過，她以為沒關係。然後，想把撿到的硬幣拿去還給掉錢的人。那時候，也應該好好確認有沒有車子經過的。」

結果一輛車衝了出來，好像是司機突然看到眼前有人，想踩煞車卻踩成了油門。我也不懂開車會這樣弄錯的嗎，總之老師的女朋友就被撞到，車子撞上旁邊牆壁，高齡的男司機也死了。

這種話題不適合在午餐時間說呢，久保老師雖然這麼說，臉上卻沒有什麼表情。「這純粹只是偶然就是了。」他吐露這一句話。「正好就在兩年前的今天。」

什麼東西？我沒有出聲，在內心反問。班上所有人也都一樣吧。

在一片鴉雀無聲之中，老師開始慢吞吞地吃起麵包。

「將太，老師他不要緊吧？」

放學後，正當我沒精打采地走在回家路上時，福生從後面追上來對我說。自從那天晚上在公園遇到以後，感覺上彼此迅速熟稔起來，雖然對於他那種，我們好像一直以來就很熟的相處態度感到困惑，但是也不可能拒絕。

他的衣服照例還是這麼單薄，好像風一吹就倒的瘦弱身體，感覺沒辦法依靠，但是福生的言行都是我沒有的，感覺很新鮮也是事實。

「你說的不要緊吧，是什麼意思？」

「今天那件事啦，女朋友的。」

「啊，的確是嚇了一跳耶。兩年前，感覺上才不久之前耶。」

「我在意的是，老師反而是淡淡的那種樣子啦。」福生看的，是不同面向。「不是應該更寂寞、還是更難過，就算都沒有好了，既然是老師，講完以後不是該說點老師該說的話嗎？」

「什麼話？」

「什麼都可以啊。例如，我們都不知道什麼時候會發生像交通意外這種事情，所以大家也要珍惜每一天、好好過生活喔；或是，要好好珍惜自己或其他人的生命喔，之類的。」

我目不轉睛地定定凝視他。「福生你，好厲害喔，可以說出這麼難的事情來。」

你現在是在鬧我就對了，福生惱火地說，我卻是真心佩服。好像老師會說的台詞喔。

「可是，久保老師就只是發呆。那樣是不行的啦。我之前在新聞看過，說有很多學校老師精神方面受不了，最後變成拒絕上學。」

「啊～」我有聽過。

「久保老師，他是不是也有一點受不了了啊。以前就一直覺得他都面無表情呢，不過像今天那樣，很誇張吧。」

「就是一直發呆耶。」他在課堂上掉了好幾次粉筆，有時候也會突然陷入沉默，凝視窗外。

「精神上受到打擊了。」

「我也有同感。」我也擔心到想用正式用詞來表達了。

「所以，就想說來幫他一下。」

「幫他？誰？」「久保老師。」「怎麼幫？」

「去跟他說那件事，騎士人他們準備在父母來的時候搗亂。」

「父母來？」我說完，立刻察覺「是校園開放觀摩的時候呀」。父母能來參觀上課情況的那天。為什麼會開開心心地想來學校看無聊的上課呢，這對我來說是個謎，反正父母就是會來。

「那種事情，要特地去說嗎？」說了，又能改變什麼呢？

「事先知道跟不知道，可差多了呢。」

喔，這樣啊，那你辛苦了。我的心情就是這樣。「你想怎樣就怎樣吧」，我心想。

「好，那走吧。到久保老師那裡去。」福生對我勾勾手指。

「欸，我也要？」

「對啊。」我沒辦法接受他說得一副理所當然的樣子，不過大概察覺到我有點悶吧，福生立刻擺出「拜託」的姿勢低頭。被這麼一拜託，就很難拒絕了。

他進一步以低沉聲音說：「我有個好主意。」隨即轉身背對我，折返回去。

我的心臟還沒強到能放他不管，只好從後面追上去。

在我們返回學校途中，潤擦身而過。正覺得他裝扮異常輕便，這才發現他沒有背書包。

「啊，」潤說。「剛剛回到家了，後來又去學校找忘記的東西。」

「你忘了什麼啊？」

「聯絡簿。可是也沒在教室裡，到底跑哪裡去啦。」

「你問我，我問誰。」

「唉，也是啦。」潤爽朗地露出牙齒，然後就跑走了。

與其玩弄策略，不如正面對決，福生說著，跟我兩個人一起朝職員室走去。要走進跟我們教室不同的職員室會有種緊張感，但我們還是敲了門，說著：「久保老師在嗎？」一邊走進去。

我們立刻就知道久保老師不在。座位當然沒人，職員室裡也不見人影。追根究柢，老師的工作時間到什麼時候為止啊。只要孩子回家就能走人了？還是要像爸爸一樣，超過規定時間，也要留下來處理剩下的工作呢。

撲了空讓人很喪氣，我們從走廊朝校舍出入口[6]走去。孩子幾乎都已經回家了，感覺空蕩蕩的。我們步出校門，走在通學路上。

「你不冷嗎？」

身旁的福生還是老樣子穿著短褲。

6. 日本校園在進入校舍建築物時，會有一區擺放鞋櫃，學生會在這裡換上室內便鞋再步入校舍。這區的出入口為校舍出入口，有別於校園大門或正門。

「啊，沒什麼。老是這種感覺，都習慣了。將太，人是會習慣的喔。不管什麼事情都一樣。」

聽他好像吐露什麼世紀大發現似地這麼對我說，我也不知所措。「久保老師也能習慣女朋友死掉的事情嗎？」

「畢竟是這種事情，要馬上習慣是不可能的。」福生稍微思考後這麼說。

「欸？」

「我也才終於慢慢習慣而已。」

他沒有再多作說明。

之後我們一邊說著彼此的事情，聊著之前上哪裡的幼稚園啦、都看什麼電視啦，一邊啪答啪答向前走。我本來也想聊電玩，但是電玩某種程度算是高價品，所以介意「福生會不會沒有呢」。我很介意自己會介意起這種事情，也變得有點討厭自己了。

我們後來在一個小十字路口，說著「明天見」，向彼此道別。

★

上完補習班的回家路上，天色已經全黑，而且還是好像隨時都會下雨的天氣，我自然而然使勁踩著腳踏車踏板。雖說車子亮著燈，但是一騎進小巷子，前面視線就會變得不清楚。

「小心別出車禍喔」，媽媽老是這麼對我說，當然這種事也不是說注意就能確保平安的。而且，我的確是輕忽了。

當我騎到轉角時，沒有先充分確認路況，以幾乎完全沒有煞車的形式——一方面也覺得，高速劃出直角很帥——猛力左轉。

正好就在這個時候，一個行人擦身而過，讓我心頭一驚。沒撞上，是因為運氣好嗎？心臟頓時像輕飄飄地懸浮著，體內感受到一股寒意，車子以即將傾倒的感覺撞上一旁電線杆。疼痛的同時，眼冒金星。

我下了腳踏車。雖然沒受傷，內心悸動卻怎麼也停不了。

我立起腳踏車腳架。

剛剛的行人沒事吧？

我回到轉角，探出頭去。

雖然想像的狀況是，有個男人站在那裡，瞪著我示意「喂，那樣不是很危險嗎」，但是實際上卻不是這麼一回事，只看到已經走到滿前面的背影。

對方好像沒察覺剛剛差點就要跟我相撞了。

感覺好像得救了，又好像只有自己吃虧一樣，不過當那個男性走過路燈下方時，我心想：「啊！」

久保老師？

那瘦長的身材還有長脖子很眼熟。

老師家不在那附近。是去某個孩子家拜訪完離開嗎？還是現在正要去呢？

我瞬間採取的行動，是騎腳踏車到公園去。

我要去找福生。

感覺會下雨，而且再怎麼樣福生現在也不在公園吧，其實內心有一半已經放棄。另外也覺得說到底，久保老師在那裡然後又怎樣了，就算現在不匆忙找人，到學校也能碰到福生。

所以，當我在公園花壇前發現蹲在那裡的福生時，比起「在耶！」的喜悅，反而任性地嫌麻煩，想說「人不在反而好呢」。

「我可不是老待在這裡的喔。」福生似乎很不滿。

「可是，你人不就在這裡嗎？」

現在可不是說這些的時候。我說出跟久保老師擦身而過的事。

「夜巡嗎？」

「不知道耶。」我說完，稍微冷靜了一點。上氣不接下氣地騎腳踏車，特地來告訴福生，會不會根本沒必要？

但是，福生說：「去看看吧。」他一跨上腳踏車，就朝我說明的方向前進。

我也踩著踏板，類似雨滴的東西，落到我握著把手的右手。我望向天空，雲極力忍耐著不哭泣。我為什麼會有這種感覺呢？

住宅區並不大，大概就是騎腳踏車也能毫無遺漏地巡過整區的大小，所以沒花多久時間就找到久保老師了。

他正站在一間獨棟房子前面，可以看到他的背影。

「家庭訪問？」「現在不是那種時期吧。」

我們竊竊私語，一邊移動到一段距離之外，然後從腳踏車下來。我也沒跟福生事先商量好，兩人有默契地避免發出聲響，注意不讓久保老師發現。

兩人躲在轉角處，偷偷摸摸窺視久保老師。

因為幾乎都已經是晚上了，沒辦法很清楚掌握到他的樣子。只是看起來，感覺非常認真。

福生也壓低音量，大概察覺到了異於常態的什麼吧。

「還是想進去當小偷之類的。」

「怎麼可能啦。」我這麼說，但是能瞭解福生想這麼說的心情。

因為明明只是站著而已，老師卻讓人覺得恐怖。

「他在做什麼啊？」「準備偷偷潛入吧。」「不可能啦。」

低聲交談的話語，被靜靜吹來的風掃走。

「就這麼僵著也不是辦法。」福生跨出一步。

簡直像在等待這個時機一般。

久保老師正對的房子玄關大門敞開。屋內的明亮瞬間流洩而出，模糊描繪出老師的輪廓。

福生停下腳步。

從裡面走出來的，是個體格健壯的男性。年齡大概四十歲吧，戴著眼鏡。我總覺得似曾相識，於是慌忙搜尋自己的記憶。

那張臉、那個感覺，我逐一回想到目前為止見過的大人。

在哪裡。在哪裡見過啊。

ＤＩＹ用品店的店內情景浮現腦海。

「是潤的爸爸。」

福生望向我。「潤的？啊，你是不是見過。」

「嗯，不會錯的，是潤的爸爸。」那是潤的家嗎？

「老師，找潤有什麼事啊？」

「潤，今天不是也要練習嗎？少年籃球[7]。」星期幾練習應該是早就決定好了。

「啊，他之前在找忘記帶的東西，會不會有關啊？」

就在我們猜東猜西的同時，潤的爸爸已經走出住家占地範圍。他接近久保老師，低下頭。

由於想聽他們說什麼，我跟福生悄悄地，反倒是自己才像潛入小偷一樣，懷抱著偷偷摸摸的心情接近。

到底是在介意什麼呢？

7. Mini Basketball。有別於正式籃球比賽，為十一歲以下兒童設計的籃球活動。少年籃球不僅使用的籃球與場地較小、籃框較低，也有些如沒有三分球、沒有教練暫停等，幫助兒童更輕鬆體驗籃球活動的規則。

自己也不太清楚。

久保老師那過於直立不動的緊張樣子，讓人介意。感覺很奇怪，最重要的是很詭異。那雖然是久保老師的身影，看起來卻像裡面中空，毫無靈魂存在。

潤的爸爸雖然在笑，卻很不自在。我爸爸跟老師碰面，大概也會流露那種表情吧。那是打招呼的笑容，陪笑臉。

久保老師這時候動了。他將拿在手上的紙袋放到地面，彎腰伸手進袋子。正要從裡面拿出什麼東西來。

潤的爸爸面對久保老師，用有點膽怯又有點擔心的眼神望著他。到底有什麼事呢？他問。

感覺老師並沒有回答。

他彎著腰，伸入紙袋的手緩緩抬起。

就是在這個時候。傳出尖銳高昂的聲響。

哇，我不禁發聲。聲響來源，是自己腳邊。

鐵筆盒掉到路上，裡面的鉛筆散落一地。

是福生擅自從我的手提袋裡拿出來，扔到地上去的。為什麼？我一望向他，福生也驚愕不已。一副「那不是有意識的行為，自己察覺時已經動手了」的態度。

想當然耳，久保老師還有潤的爸爸都看向這裡。漆黑夜裡的街上，突然發出聲響，絕對會引人側目的。

會被罵的啦，我縮起肩膀。

「啊，將太和福生。」

耳邊響起老師的聲音。

★

我跟福生不可能當場逃跑，說到底，我們也沒做什麼需要逃跑的壞事，所以只能走到久保老師那裡。

不小心把鐵筆盒弄掉了，我們這麼說明。

福生事後向我坦白說：「我也不知道，只是覺得很恐怖。久保老師那時候的樣子很怪，不是嗎？」

的確，那時候的久保老師很怪。嚴肅、認真，可怕。

「那天又是老師女朋友的忌日。」

我頭一次得知「忌日」這個詞彙。學校午餐那時候，「兩年前的今天」就是指這個吧。

「就覺得要是再那麼下去，會發生恐怖的事情，必須做些什麼才行。可是又發不出聲音，腳也在抖。因為將太的手提袋裡放著鐵筆盒，突然間就抓出來，扔出去了。」

這是什麼歪理啊，雖然這麼想，另一方面也有部分的我能理解。那時候的久保老師非常恐怖。就只是站在那裡而已，氛圍卻跟他在學校的時候截然不同，他把手伸進紙袋的瞬間，讓我全身毛骨悚然。老師雖然是背對著我們，但是可以看到面對老師的潤的爸爸是什麼表情。原本討好的笑容當下出現裂痕，整張臉因恐懼而凝結。

「這種時間怎麼會在這裡呢？」老師這麼對我們說，我卻無法抬頭。久保老師向潤的爸爸介紹我們說：「這是潤的同學。」

「老師才是，來潤的家做什麼？」

啊、啊～久保老師說著，不是從剛剛的紙袋，而是從自己拿的包包裡拿出一本筆記本。「因為聯絡簿，潤好像忘記帶走了。」

從沒聽說過有哪個老師會因為這種忘記的東西，特地送到家裡來的。還勞煩您特地跑一趟，謝謝，潤的爸爸說。「潤去練習少年籃球了。」

「啊，這樣啊。」

感覺上，久保老師早就知道了。

「平常這個時候，應該要回來的。」潤的爸爸聲音微弱，頭低著。

「發生什麼事了嗎？」

「啊，也沒有啦。」潤的爸爸這時候暫時陷入沉默。種種感覺像在煩惱的跡象，甚至讓人納悶「他是在煩惱什麼呢」。「有點……」他後來發出彷彿下定決心的聲音。「激烈地發了脾氣。」

「這樣啊。」久保老師發出不帶任何情感的聲音。

「明知這樣不好，就是忍不住情緒化。因為是一個男人在養孩子，所以各方面都充滿了不安。」

「我們家是我媽媽一個喔。」福生立刻說。

這句話雖然也不是說多餘的，只是久保老師這時候才像是察覺到什麼重要的事情說：「啊，將太跟福生得快點回家才行。」還說：「已經很晚了。」

不要，沒辦法這麼反對。

牽腸掛肚，就是這麼一回事啊，我這麼想著，一邊咬牙離開。我原本很意外福生怎麼會這麼乖巧聽話，後來發現果然有鬼。原來是先假裝離開潤的家，然後憑藉周遭一片昏暗，偷偷轉進第一個轉角。他開始小跑步，叫著：「將太、將太。」跑來對我招手。我們繞了一大圈，又從後方繞回潤的家。

潤的家並沒有像圍牆的東西，只有低矮的籬笆，很輕鬆就越過了。未經許可跑到別人家的占地範圍內，再怎麼說都很不妙吧，我本來是心驚膽戰的，但是福生一直低喃著：「快點、快點。」為了想要快點讓他閉嘴，我也跟著侵入了潤的家。

被發現的話，會怎麼樣呢？

是小偷或什麼侵入罪吧？

福生也不管不安的我，繼續蹲著移動。

跑到玄關那裡去，再怎麼樣都會被發現的。那樣不好啦，快停下來，我輕聲呼喚。

「老師，我常常都會很討厭自己，會像遷怒一樣對潤嚴厲發脾氣。」

聽到潤的爸爸的聲音時，我們頓時靜止。雖然碰到附近像盆栽的東西，但是沒有發出巨響，讓我們鬆了口氣。

「討厭自己……嗎？」

「這種事情本來不應該向老師提起的。」潤的爸爸是身體不舒服嗎？那是感覺很難受的語調。

庭園的樹葉微微搖曳，雲終於開始釋放雨水了，就像是再也無法忍受深藏已久、無法對人言說的秘密，感覺「夠了」，徹底將秘密從手上拋出來一樣。

這雨如果要稱之為「小雨」，就節奏而言或許也太慢了，但是雨滴仍然確實開始淋溼我們。

「是因為曾發生過什麼會讓你討厭自己的事嗎？」

「欸，啊，對，沒錯。」潤的爸爸說。

他感覺上，根本不在乎被雨淋。

做了什麼？犯罪之類的？潤的爸爸？該不會……我的腦子迅速轉動。

「造成了車禍。」

腦袋遭受一陣電擊，人在前方的福生也一樣吧，他回頭往我這邊瞄了一眼。

久保老師的女朋友會去世，是因為車禍，被加速衝來的車子撞到。所以說，那個司機是潤的爸爸嗎？這個念頭閃過。所以老師來到這裡，是為了那個嗎？想到這裡，我不寒而慄。那種恐怖的氛圍，是因為見的是犯人嗎？

老師成為班級導師時，發現了潤的爸爸，大概是在一開始的家長會那時候吧。或許察覺到，「是那時候的司機啊！」

「竟然會有這種事情」，應該會很震驚地這麼想吧。

然後，今天來到了這裡。來見潤的爸爸？為了什麼？我回想起久保老師剛剛那種一觸即發的恐怖感覺。

該不會是打算做什麼不得了的事情吧。

不，不對。我在內心搖頭。

司機應該也死掉了才對。老師自己是這麼說的。不可能是潤的爸爸。

「不是我開車的，」結果，潤的爸爸這麼說。「只是，或許是我害的。不對，不是或許呢。那就是我害的啊。」

「怎麼回事呢。」久保老師的語調沒有抑揚頓挫。

「是在我出差的地方，我在站前的斑馬線附近掉了東西，有人幫忙撿起來。她想把東西還給我，所以要過馬路到我這裡來，那時候車子就……」

潤的爸爸，聲音顫抖到讓人無法想像是個成年人，像個迷路的孩子。

周遭只有雨水打在地面或房子屋頂的敲擊聲響。

久保老師沉默著。

我又跟福生四目相接，他的頭髮已經淋溼，我也一樣吧。

打在頭上的雨，比起寒冷，更讓人感到沉重。

福生仍舊不發一語，對我投來似乎想說些什麼的視線。

我什麼都不知道喔，我用眼神回答。

「被車撞的女性後來怎麼樣了，其實我並不清楚。」

老師不發一語。

「車禍發生那時候，等我回過神來，自己已經坐在之前攔停的計程車裡了。接下來有工作要忙，這的確也是事實。只是，我當時很害怕，所以逃走了。一直把忙碌當藉口，也沒想過要去查查車禍的後續。」

果然，還是聽不到老師的聲音。

「這件事，我一直放在心上。我當時，就那麼逃走了。明明有個女性，被我害得出車禍。這件事，一直讓我耿耿於懷。『不希望潤成為像我一樣的人』的心情過於強烈，也是造成我過度發火的部分原因。」

潤的爸爸已經幾乎是哭了起來。也許是雨水造成的，他也沒有要遮掩的意思。

雨勢開始變得激烈，我們已經無法得知久保老師現在是保持沉默，還是在說話了。

這兩個人再怎麼樣，也沒辦法就這麼持續站著交談下去，應該差不多要解散了吧。那麼一來，我們也能解脫。

「我又不是牧師。」終於聽到久保老師的聲音了。「對我懺悔也……」

潤的爸爸像被拋棄似地瞬間喪失表情。之後，吐出嘆息。「只是一直以來都希望有人傾聽呢。今天，也一直在煩惱。」

「今天。」久保老師低喃。

「是的，特別是今天。」

「潤的爸爸您……」久保老師似乎是勉強擠出聲音。「您，也不是說與車禍直接相關吧。」

「要看怎麼想吧。」

「是間接的，」久保老師變得快嘴。「或許不能說是毫無關係。」

「不。」

「所以說了，可是……」久保老師拚命地在選擇用詞。感覺就像是在國語考試中，在空格逐一填進詞彙。所以、是……的嗎、只是、是……的嗎、儘管如此、是……的嗎。「像您這樣始終耿耿於懷……」

「是的。」

「我認為，光是這樣……」

聲音瞬間中斷。

蹲在籬笆這邊的我們看不到老師，浮現在腦海中的久保老師，低著頭，可以想像，他彷彿下定決心般的神情。

「光是這樣，就很頂天立地了喔。」那是好像拚命擠出來的聲音。

兩人之後的對話就聽不到了。雨勢增強了。「你們兩個，無論如何也差不多該結束了」，雨彷彿下達這樣的號令一般，正式落下。道路頓時變得溼冷，雨水滴答作響。衣服全都溼透，水也順著頭髮一滴一滴滑落。不舒服還有類似愉快的感覺，全都胡亂攪和在一起。

★

我跟福生之間，不太會聊到那晚的事情。彼此事後分享了淋得溼答答回到家，被家長唸東唸西很累人，不過關於久保老師跟潤的爸爸，並沒有被提出來作為話題。該怎麼解讀這件事呢？我也有屬於自己的推測，然而就是沒心情深究。

唯一有件事情很明白。

久保老師變了。

一直以來那種茫然若失，人在這裡卻望向其他某處的「文弱書生」感消失了。雖然還不到活潑有朝氣，總是拚勁十足的地步；換句話說，並沒有像是從車子變身成為機器人那種戲劇化的變化，總感覺有部分變得可靠踏實了。

我就算嘗試跟周遭同學聊那樣的變化，他們也只是回答：「是嗎？」但是，我很確信，老師變了。

然後是校園開放日。國語課後來決定，當天要發表在事先的課程中，由各班統整出的「我們自己的想法」。

家長排在教室後方，我的爸爸也按照時間抵達，感覺上今年爸爸的人數比去年之前都要來得多。可能跟我們家一樣，打算來親眼確認一下不可靠的久保老師吧。

結果，關於騎士人他們的詭計，話雖如此，也只是把鐵筆盒弄掉妨礙課程的計畫而已，我跟福生並沒有事先告知老師。

一方面也因為發生了那晚的事情，總覺得不是提這種事情的時候，不過其實真相是我們忘了；回想起來的時候，已經是鐵筆盒實際掉落的當下了。

發表告一段落之後，響起「啪鏘」聲響。原本在寫板書的久保老師回頭。

由於是醒目的聲音，就算背對著，也能感受到家長瞬間身體僵硬。

望著撿鐵筆盒的孩子，久保老師似乎想說些什麼，最後還是轉身面向黑板。結果，另一個鐵筆盒再次發出聲響。

啊～開始啦。

煩死了。同時，一股羞愧油然而生。雖然不清楚，這樣是不是已經到了耳熟能詳的「學級崩壞」的程度，只是被爸爸看見我們沒辦法做好的一面，很難受。

「發出聲音，不就沒辦法上課了嗎？要先把鐵筆盒放到不會掉下來的地方去喔。」

比起一直以來的久保老師，這次是很明確的提醒方式了。久保老師果然有某部分改變了，我再次這麼覺得。班上所有人，大概都認為老師只是因為有家長來看，所以上緊發條而已。

耳邊再次響起鐵筆盒的聲響。

啊呀，我似乎聽到某位家長輕聲發出這樣的聲音。

我窺視騎士人的臉，發現他嘴脣邊緣稍微上揚，他很得意。騎士人的爸爸沒來。他早上，以一副想昭告全班的口吻，得意洋洋地說：「我覺得，我爸爸可能會趕不上耶，今天好像也要跟電視台那邊開會。我媽也很忙啊。」

工作忙就很了不起嗎？很想這麼質問他，卻說不出口。

就在久保老師回頭的時候，後面傳來熟悉的聲音說：「老師，上課途中不好意思……」

大家全都轉動上半身。

是我爸爸。教室響起非常響亮的聲音。「或許可以更嚴厲指導的，不是嗎？」用字遣詞是禮貌的，說法卻是強烈的。

感覺無地自容，就是這麼一回事嗎？我好想把身體縮得小小的。

家長們有些議論紛紛。

有個女人的聲音說：「可不是嗎，狠狠出手教訓一下沒有關係的。」

是因為剛剛都一直忍著不出聲的關係嗎，父母開始發言。

「像我小時候，要是在上課胡鬧的話，可是會被揍的耶。」其他爸爸說。

久保老師隨之展露沉穩的微笑。

果然，跟以前不一樣。

「謝謝。」他一回答，就將粉筆放到黑板那邊，輕輕拍手。「那麼，趁此機會，接下來的課程時間就聊聊這件事吧。」

他環視我們。

「大家的爸爸媽媽，剛剛給了一些建議。的確，我初為人師，很多事情都不清楚，所以覺得很感激。會不安地覺得『將寶貝孩子交給我，要不要緊』，也是人之常情。」

老師站在前方正中央位置。

「剛剛上課時，有好幾個鐵筆盒掉下去。只要一發出巨響，就會妨礙課程進行。所以，希望他們住手。這也沒錯吧，因為覺得困擾。如果是不小心掉下去的，就必須思考對策。像是徹底落實讓學生將鐵筆盒放在不容易掉下去的地方，又或制定規則，讓學生換用布製筆袋。不過，如果是故意的呢？如果有人是故意弄掉鐵筆盒的話，該怎麼樣才能讓他停止這個行為呢？」

老師到底想說什麼呢？

「在學校的學習，不只是為了教科書或考試而讀書。我希望大家也能學習到與那種讀書不一樣的、沒有明確答案的東西。所以，老師也希望大家自己思考。如果有某人故意給周遭添麻煩，該怎麼樣才能讓他停止這項行為呢？」

久保老師雖然眺望著大家，好像並沒有在等學生舉手。

我瞄了騎士人一眼，只見他一臉無趣。

「剛剛，幾位爸爸也說了，來個迎頭痛擊也是一個辦法。體罰與教育的區別雖然很難界定，但是不管是誰，都討厭吃苦頭，所以就不會再犯了吧。像是讓學生覺得痛、覺得害怕或覺得羞恥而吃苦頭，讓他們慢慢學會，這或許也是個方法。只是，老師覺得，那樣並無法好好解決問題。」

因為不能使用暴力？

「暴力是不好的！」久保老師說。「這並不是我的意思。當然，暴力並不好。只是更重要的理由是，這個方法是沒辦法一體適用的。像是，舉個極端的例子，要是有個身體大到不行的小學生，比老師還要魁梧，也有肌肉，不管老師怎麼卯足全力去打，都只會被反彈回來，該怎麼辦？」

幾個女性低聲笑了。

「這樣是沒效的吧。老師藉由動手打，讓對方聽話的方法，只能用在對方比自己弱小、無法抵抗的情況。如果說，不管老師再怎麼生氣，都不會覺得害怕呢？而且，就算老師打了所有人，又或用恐怖的話語還有恐怖的聲音怒罵，讓對方住手了，同學會怎麼想？會覺得，將來，自己長大成人的時候，這樣做就好了呢。不過長大成人，邁入社會後，可沒有什麼事物是能用呼巴掌或怒吼解決的喔。例如，剛剛有媽媽說，狠狠出手教訓一下沒有關係的。」

久保老師望向教室後側。

「如果說，那個孩子是交易客戶的孩子，那還能打嗎？」老師立刻笑了。

「不，這只是開玩笑而已。只是，根據對象的不同，或許有些情況就是沒辦法狠狠出手教訓一下呢。只要踏入這個真實世界，無法通用的情況是很多的。然後呢，希望大家能記得這一點。」

久保老師並不是在說什麼艱深的內容，相較而言，說的都是些曖昧模糊的話，我卻開始有點心跳加速。

「根據不同對象改變態度，這是最遜的了。」老師又露齒而笑。「對方弱小，適用力量的時候就呼巴掌；但是當對方頑強，是恐怖的人的孩子時，就不呼巴掌。這是最低級的，而且也很危險。」

危險？這是什麼意思？

「因為看起來弱小，所以就會強勢因應吧。不過，也許事後才發現對方其實是擁有力量的。動物的世界或許還說得過去，但是人類的，特別是現代社會，一個人所擁有的力量是外表看不出來的。畢竟，人的強大，並不只有肌肉或體型有多大。而且，那個人有一天也可能成為自己的工作對象，也可能成為客戶。」

家長全都陷入沉默。也不知道他們是愕然發愣，還是覺得麻煩透頂。

「老師希望大家記住的是，人是活在與他人的關係之中的。大家明白對於人際關係而言，重要的是什麼嗎？」

「歲末送禮？」說這話的是福生。

他或許很認真，但是大家哄堂大笑，我的肩膀與肚子也因此稍微放鬆。此時才察覺，自己一直都很緊張。

「歲末送禮，這是其中之一。」我還是頭一次看到久保老師像這樣輕快地回我們話。

「但是，要是被看穿說『那傢伙只是為了讓大家對他有好印象，所以才會在歲暮送禮的』，會怎麼樣呢？會有反效果吧。就這層意義而言，最重要的是……」老師豎起手指說：「他人評價喔。」

「他人評價能幫助大家，又可能會造成妨礙。那人是好人耶、是有趣的人耶、是恐怖的人耶。之前，做了那種壞事呀。像這種評價，人越長大就會越有關係。要是，把鐵筆盒弄掉是故意的，又或假設勉強別人去把鐵筆盒弄掉，為了不弄髒自己的手，迫使別人去做這件事，如果有這種狡猾的傢伙呢。」

班上應該有幾個人，視線朝騎士人那裡射去。

「就算沒被老師抓到，其他同學也會知道這件事。大家就會記得，某某男同學或女同學在上課時把鐵筆盒弄掉，妨礙課程進行耶，某某同學還真是奸詐的傢伙呢。這可不能說是好的評價。」

這麼活潑、話多的久保老師感覺好新鮮，真的搞不清楚現在是什麼狀況，雖然是平常的教室又不是平常的教室，而且說到底，有這麼多父母在教室裡本來就很奇怪了。感覺好像正在做一個跟現實交錯的夢。

「我想，大家都明白給周遭添麻煩並不好。不想給人家添麻煩，會這麼想的原因，應該不是說想當個乖寶寶之類的。這就像是一直以來始終維持群體生活的人類習性喔。因為很久以前，給別人添麻煩的人應該會被踢出群體，所以幾乎所有人都有這樣的心情，『不想給周遭添麻煩』。現代人的社會，就算在群體裡添了一點麻煩，也不會立刻被排斥孤立呢，當然那也是好事啦，只是那樣的人就只是仗著自己怎麼樣都沒事而已。那樣的人，或許會讓大家感到困擾。如果是以添麻煩為樂的人，就算大家去說『這樣不好喔』，他們也不會改變。很多時候，也不會因此反省。所以，大家心裡只要想說『好可憐喔』就好了。想說，『這人，是沒辦法自己找樂子的人啊』。他們是只能掠奪別人的東西，又或對人暴力相向，終究只是無法純粹憑藉自己想出快樂方法的可憐人喔。當然，我們班上沒有這種人就是了。」久保老師彷彿慎重叮嚀般地這麼說，反倒顯得好笑。「如果有人若無其事地給別人添麻煩，就在內心悄悄這麼想就好。想說，好可憐喔。」

久保老師說話的方式很流暢，而且也很開朗，莫名地像在聽什麼光明的話語，但是內容本身其實是很壞心眼的。我又陷入了混亂。或許，其他同學也都有相同感覺，搞不好，人在後面的爸爸他們可能也一樣。

「要是做壞事，會受到法律的懲罰。運動規則也是。但是其他還有好多事情，沒有被寫在那些法律或規則書裡面。也有法律沒有記載的狡猾或壞心眼的事情。然後呢，人性遭受檢驗的時候，多半都是沒有記載在規則書裡面的情況喔。老師是這麼想的。老師前一陣子遇到的人，因為跟自己沒有直接相關的事情，悶悶不樂地一直在煩惱。他覺得雖然是間接的，但是自己不是害某人受到傷害了嗎？所以很痛苦。」只有說到這裡的時候，久保老師的聲音感覺是溼溼的。「老師覺得那件事情是小題大作了，但是有一點感動呢。」

他的語尾有些含糊，讓我擔心久保老師該不會在哭吧。

「所謂的人際關係，出乎意料之外地狹窄。熟人的熟人，可能是自己另外的熟人。間接友人，也可能其實是自己直接結識的友人。要是覺得『跟我沒關係』，後來也可能演變成麻煩的事情喔。把鐵筆盒弄掉，也不是什麼特別的壞事，但是間接性地給大家添了麻煩。這種時候，就能以『自己又沒有違反法律』為理由，感覺管他的。只是，能對『自己幹了壞事』有所自覺的人，相較之下，很明顯地要比沒有自覺的人頂天立地多了。而這種頂天立地的態度，就能營造出正面評價。正面評價是能幫助大家的。」

久保老師話語一停，教室內隨即陷入寂靜。

「也能這樣思考吧。」久保老師感覺愉快地繼續說。「怎麼樣呢？老師像這樣說了這麼多，是不是嚇了一跳啊。」

是的，非常。

不過，沒有任何人回答。

過了好一會兒，一個人舉起手。「老師。」

「什麼事，福生？」

「老師，為什麼突然變了呢？」他一針見血地問出大家的疑問。

家長那邊也發出一些笑聲，感覺教室的秤砣被卸下了一個。

久保老師感覺害臊地瞇起雙眼。「唔～」發出這樣的聲音後，好半晌沒再開口。或許是在猶豫著要不要說出真相吧。

老師之所以會改變，應該是那時候與潤的爸爸碰面，創造了契機。

大雨嘩啦嘩啦的夜晚，在那之後，彷彿詛咒被解開似地豁然開朗。

那時候，就在福生扔出鐵筆盒之前，老師是想從紙袋裡拿出什麼來呢？其實，是打算做什麼呢？

本以為他是想說那些，結果不是。

「就像老師一開始所說的，老師希望大家都不要變成那種根據對象改變態度的人。因為基本上，我們沒辦法立刻瞭解對方是什麼樣的人。要是小看對方，說不定其實是恐怖的人。要是靠第一印象，或單憑想像主觀斷定，會吃苦頭的。所以不論面對什麼人，親切有禮待人是最好的喔。不然，要是瞭解到對方不是自己想像中那樣時，會覺得困擾，也會尷尬。」久保老師再次展露微笑。「所以……」

所以？

「之前，只是假裝是個有點靠不住的老師而已。」

騙人的，我很清楚。才不是這種原因。只是，我說不出：「才不是這樣呢！」

「可能有孩子覺得老師很軟弱，所以就有恃無恐，雖然這樣說不好聽，總之就是得意忘形了吧。另一方面，也有孩子是不論老師怎麼樣，都是規規矩矩的吧。」

「所以是為了看清楚，才故意假裝是沒用的老師嗎？」福生似乎很不服地說。「這樣不是滿壞心的嗎？」

「的確是。」儘管久保老師開始點頭稱是，也還是在笑。「我還真的是，滿壞心的喔。」

「啊，老師。」福生發出更加拚勁十足的聲音。
「什麼事？」
「所以說，老師之前都是避人耳目的偽裝樣貌囉？」
久保老師露出苦笑，頭一歪。這是什麼意思呢？他問。
「其實是外星人，只是偽裝成車子嗎？」
「完全不是。」久保老師毫不客氣否定的樣子很好笑，教室內所有人哄堂大笑。

★

「將太，久保老師剛剛的話，你懂意思嗎？」下課後，我在校舍出入口穿鞋子準備放學，福生過來問我。他的書包沒有好好關上，開口部分發出啪答啪答聲響。
「我也不是很懂喔。」
「我也是。評價很重要，我覺得這也有它的道理就是了。」
「也有它的道理嗎。」

「那是真正的久保老師嗎？」

「真正的？」

我想起在電子遊戲場前碰到的那位，叫久保老師久保的大姊姊。她說，「久保」一直都很期待能當上小學老師。今天的老師，就有那種氛圍。

「真正的，柯博文。」

「有完沒完。」

我們步出校舍出入口，穿過校園朝外面走去。這時候，騎士人從旁邊經過。

「啊，騎士人。」福生叫住他。

「怎樣啦。」

「你那招，別再用比較好喔。」

「什麼啦。」

「妨礙上課。」

「我哪有啊。」

「久保老師也說了吧。說到騎士人，就是個喜歡妨礙上課的傢伙、給別人添麻煩也不在乎的傢伙，這種形象會慢慢固定的喔。雖然嘴上沒說，大家內心說不定都已經覺得你好可憐喔。」

「沒有這種事。」騎士人惱火的樣子與平常不同，毫無餘裕。
久保老師的話，比起我們，對於頭腦好的騎士人而言或許更能領悟吧。
「比起這個，福生你，還是改善一下自己那身窮酸的衣服啦。」
「久保老師不是說了嗎？根據不同對象，改變態度是不好的。光看外觀或衣服就判斷，看不起別人，是會吃苦頭的。」
「才不會有那種事呢。」
「那種事，是什麼事？」某處傳來這樣的聲音。
「爸……爸爸。」騎士人的聲音變得高亢。
面前站著一個身材高大、皮膚黝黑，長得很帥的男人。看起來相貌堂堂。
這就是那位……我想。騎士人那位有名的爸爸呀。
「騎士人，不好意思耶。還是沒趕上耶，我都已經盡快趕來了。」
「沒事啦，又不是什麼大不了的課。」
看到騎士人用這種方式說話，他爸爸並沒有出言警告。
他爸爸的視線投向我們，對我們說：「是騎士人的朋友嗎？」
「同學，才不是朋友呢。」
騎士人的話，讓我們惱火，騎士人的爸爸則是「呵呵」地笑了。

這時候，還有個人小跑步過來。是個穿套裝的女性，她說著：「啊，福生，抱歉。」一邊過來。

福生滿臉害臊，輕聲回應。

「工作還是得做到都快來不及了，才抽得了身。本來很想看看的呢，上課狀況。」

沒關係，這也沒辦法啦。

福生的說話方式雖然老成，看起來卻好像幼小了一些。

我稍微觀察一下福生的媽媽。因為很在意老是只穿著單薄衣服的福生媽媽，服裝如何。他媽媽的服裝並不單薄，感覺也不冷，不過這也是理所當然的吧，我心想。她拿著我媽媽好像沒有的，感覺很貴的包包，很適合她。她看來很幹練，腰桿也挺得很直。

「咦？」發出聲音的是，騎士人的爸爸。

正在想怎麼了呢，他就來到我們附近，突然低下頭說：「這不是保井女士嗎？」

「啊～」回答的是福生的媽媽，她也以一副熟稔的模樣打起招呼。「平日承蒙多方關照。」

「不，我們才是。」騎士人的爸爸，展現比剛剛更升一級的端正態度。「上次多虧保井女士，真的是幫了我們一個大忙。」

工作上認識的？就在我茫然望著眼前一切時，騎士人有些擔心地問：「是爸爸認識的人？」

「是我們的客戶，就是客人喔。平常承蒙保井女士多方關照。這樣啊，是同一所小學。」

「是耶。」福生的媽媽沉穩地點頭。「世界還真小呢。」

喔～福生嘟起嘴說：「媽媽，這是將太，我們最近常一起玩。」

「謝謝，這孩子，老是穿同樣衣服，實在是不像樣，」她一臉不好意思地微笑。「因為，那是他父親之前買給他的衣服。」她說。

是因為害臊嗎？福生搖著手說：「就說不是那樣了嘛。」

因為是父親買的又怎麼樣了嗎？我沒辦法問出口，只是眺望著他穿的那件因為洗過了頭而變得單薄，標誌也開始褪去的T恤。

「真沒想到，保井女士的公子跟我們家的是同學呢。喂，有沒有跟人家好好相處啊？」騎士人的爸爸用有些強勢的方式說。

「你們是朋友吧？」福生的媽媽問他。

結果，福生只流露淺笑，表情簡直就像是要說出柯博文的那句台詞「我有個好主意」。

騎士人一邊留意著他爸爸，同時望向福生。拜託啦，可以看出他正這麼強烈懇求著。

福生仍然維持嘴角上揚，吸了口氣，準備回答。

違反運動精神的犯規

アンスポーツマンライク

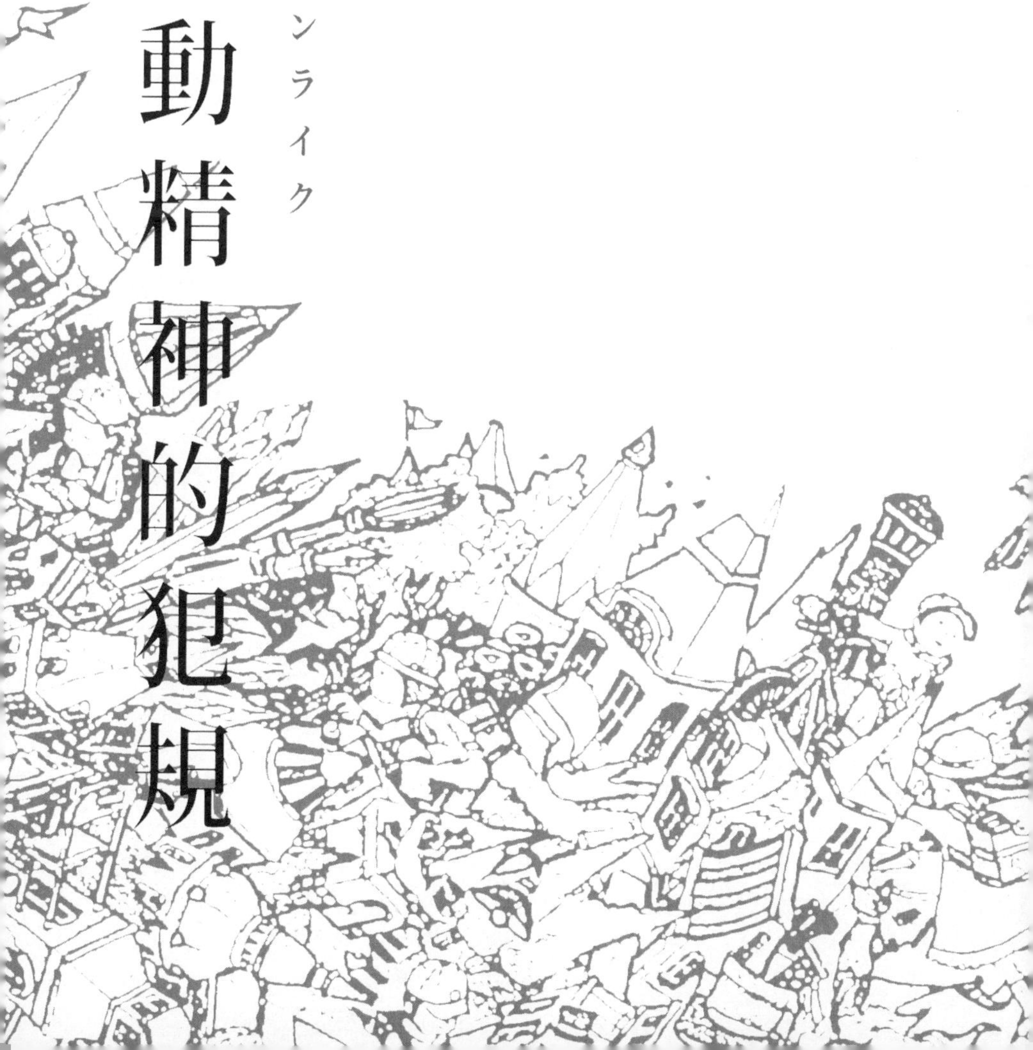

★

我幾乎沒在管剩餘時間。觀眾席傳來我的父母，還有隊友父母七嘴八舌的叫嚷聲。

「感覺比打球的我們，還要了不起，這點還真是個謎。」駿介從前就吐露過這樣的心聲，大家都有同感，實在沒辦法理解儘管沒有打籃球的經驗，還是能一邊播放影片，說出什麼「步，這裡為什麼不射籃呢？」、「剛剛應該傳球的吧」的父母是什麼樣的神經。不覺得害臊嗎？

對手喊出了暫停，我們回到長椅這邊。

我確認比數，剩下一分鐘，還差三分，落後。「已經沒救了吧」，雖然這麼想，「還有機會」，同時也能這麼想。

「辛苦了、辛苦了，還有救喔。」教練磯憲出聲對我們說。他是我們學校的老師，應該打過籃球，但據說也不是特別拿手。

我們一邊用肩膀呼吸，五個人我看你、你看我。

「差三分啊」、「得快點搶到球才行」、「還剩一分鐘呀」。

就在中鋒剛央成功射籃的當下，對手喊了暫停。是懷抱著節奏主導權被搶走的危機感嗎？接下來換敵隊進攻，要是被得分的話，很難吞得下去。

「再一次，剛剛那樣就很好喔。匠，你像剛剛那樣傳球給我。」剛央說。六年級、身高一百六十五公分，體格也很結實，真可說是本隊中流砥柱的中鋒，但是敵隊有個更大塊頭的選手，在這場比賽中也始終占據好位置，半途把球劫走。直到比賽尾聲，剛央才逐漸有辦法衝破對方防線。

「可是，被斷球很恐怖耶。剛剛那是運氣好。」個頭嬌小的匠，喃喃吐出這句話。匠的傳球，不論何時都很銳利、準確。讓球彈跳的角度或路徑都很絕妙，另外也很擅長往上輕投、飛越過防守方的球；只是敵方的動作或許好到，讓匠都變得謹慎起來。

「三津櫻，要是從外線感覺進得了的話，就射籃吧。」磯憲對我身邊的三津櫻說。

總是笑嘻嘻，圓臉讓整個人氛圍很像軟綿綿點心的三津櫻，事到如今也以認真的神情點了頭。

「只要有三分球的話……」在我意識到之前，這話先脫口而出。少年籃球並不適用三分球規則。不論從多遠的地方射籃，都只有兩分。

「就是因為你什麼都不做，所以才會被追上的啊！」

對手長椅那邊，傳來高聲怒吼。往那邊一看，男教練簡直像在聲討一個高個子選手，用手指著他。體育館內鴉雀無聲。

「能迎頭趕上，只是因為我們這邊很拚，那個孩子根本沒錯啊。」磯憲浮現寂寥的神情。

「有種懷念的味道。」駿介冒出這麼一句話，讓我們噗哧一聲笑出來。

本來，我們的教練並不是磯憲，而是另有其人。少年籃球與國中之後的籃球社團活動不同，由於不是學校直接掌管，所以由一般人士指導練習，也常在比賽中負責指揮。我們學校以前是據說不知道哪裡的名選手，從頭到尾只會怒吼的爺爺負責。雖然說是爺爺，卻似乎比我們都有精神多了，只要有比賽，總是從頭到尾扯著嗓子，高聲斥責失誤的選手。好討厭喔，雖然這麼想，但早就自暴自棄地覺得，反正就這樣吧。為了跟大家一起打少年籃球，就只能忍受這個爺爺的叫罵聲。說到底，只要一嘗試比賽，就會發現生氣的教練也不是只有我們學校有。雖然不能說是全部，還是算多，這可能就是普遍情況吧，身為一個小孩，以前的我就是這麼想的。

結果，提出疑問的，是出乎意料之外的人——三津櫻的媽媽。那是剛升上六年級那時候的事。

練習的時候，我們沒辦法根據指示行動，因此可能很火大的爺爺教練火爆怒吼。那時候，還對打球失誤的三津櫻囉哩叭唆地開始說教。

與三津櫻長得一模一樣的媽媽，就在這時候來了。原本是想接小孩，順便看看練習情況吧。年紀也很輕，比我爸媽年輕十歲。「聽說離婚的爸爸以前是混混，但是媽媽不一樣。」三津櫻曾這麼說。

三津櫻這樣的媽媽，是這麼對教練說的。「啊，那樣是沒有效果的。」所有人，當然包括教練在內，還有在場所有家長都嚇了一跳。三津櫻的媽媽說著：「啊，抱歉，一時忍不住就……」一邊用手摀嘴。但是，她並沒有就此打住，彷彿是個不懂人情世故的千金大小姐，完全沒有察覺周遭氣氛，更走近教練。「教練，我們家三津櫻用那種方式怒吼，是完全沒辦法影響他的。」

三津櫻表情頓時放鬆，笑出皺紋，頻頻點頭。看到完全無視緊迫狀況，悠哉交談的三津櫻母子，我不自覺笑了出來，但是看到教練繃著一張臉，又慌慌張張收好表情。

「用那種方式去說他，根本就是右耳進、左耳出啦。他對於恐怖的感覺，可能不一樣吧。我也覺得很困擾就是了。」

三津櫻媽媽的語調，就像是住在什麼夢幻的童話世界一樣，總是這麼從容悠哉，感覺上也不像是企圖用說理駁倒教練。事實上，三津櫻好像也具備那樣的特質。

教練滿臉通紅，氣到發抖，三津櫻媽媽還是接著往下說。「啊，但是如果教練是那種，只是想發洩一下內心的煩躁，或是沒辦法管控本身情緒就是想怒吼的話，就完全沒有問題喔。」又好像是托兒所老師在對幼童說話似地這麼說。

「反正我們家三津櫻完全沒在怕的，可能也剛好就是了。」

事後只剩孩子聚在一起的時候，「被這麼一說啊，」駿介這麼說出口。「才覺得好好一個大人，面對小學生必須把臉靠那麼近、大聲怒吼才會教的時候，很丟臉吧。」

的確，就像他所說的。「要是有像三津櫻這種不知道怕的人，除了讓學生害怕沒有別的指導方式，這種教練不就被將軍了嗎？」

「三津櫻媽媽，好敏銳喔。」

結果，教練過沒多久就辭職了，或許是覺得不好教吧。

「要是沒有新教練，就沒辦法打少年籃球了！」聽到我們一陣驚慌，採取行動的人正是磯憲。他其實沒有相關證照，聽說。

磯憲應該不知道三津櫻媽媽說過什麼，卻從來不曾扯著嗓子說話，總是很冷靜地指導我們。比賽的時候也是，從來不曾以沒意義的高亢音量，吼些「你為什麼會那樣啦」、「動作快一點啦」、「到底有沒有在想該怎麼辦才好」之類，抽象又帶有壓迫感的話；他就只是以簡潔易懂的方式，下達像是具體打法、跑動路線、該站的位置等指示。如果最後以大幅差距落敗，就會說「先忘記分數。為了下次能獲勝而練習」，一邊尋找對手弱點，讓我們反覆嘗試團隊合作的打法。結果，對上以前慘敗的對手時，第二次也翻轉贏過。

暫停結束的信號聲響起。對手隊伍的教練，直到前一秒都還在斥責選手。

「真的不想輸耶。」駿介朝對手長椅那裡瞥了一眼。

我也有同感。採用謾罵指導法的隊伍比較強，這種結果太讓人不甘心了。

「還剩一分鐘。」磯憲送我們上場時這麼說。這場要是輸了，小學少年籃球的正式比賽就隨之劃上句點。「你們知道在籃球的世界裡，『剩下一分鐘』叫做什麼嗎？」磯憲問我們。

叫做什麼呢？

連同我在內，大家都回過頭去。

叫做永遠喔，永遠。

聽著磯憲那莫名其妙的回答，我們踏上了球場。

對手從底線發球後，比賽重新開始。不先搶到球，就什麼都做不了。要是被得分，差距拉到五分，會是很棘手的發展，其實應該說大家一定會因此絕望。

擔任控球後衛的我，負責盯對手的控球後衛。發球時能直接劫下當然是最好的，但是事情並沒有那麼順利。我正面迎視控球的對手，集中自己的意識。不但不能讓他越過，也不能讓他做出有效傳球。感覺全身直到每個角落，所有意識徹底張開。

三分差距、還剩一分鐘，時間正確實流逝。不能焦慮，卻還是忍不住焦慮。面前的對方選手，運球很厲害，雖然是緩緩控球，只要動作稍有差錯，就可能被趁隙突圍。但是，又不能不過去。就這麼待著，任憑時間流逝也很討厭。

不要賭。

前一個教練常說的，意思不是賽馬或小鋼珠那種賭。所謂「順利的話當然最好，不行的話就是最慘的發展了」的打法，不要用比較好。的確，常會有想孤注一擲賭賭看的情況，只要想到賭贏的喜悅，無論如何都想要挑戰看看。

「我可不允許那種任性妄為的打法，只要照我說的去做就好。」

爺爺教練是這麼說的。雖然對於他好像只把選手當作一顆顆的棋子感到火大，但我能理解，賭博行為的危險。

磯憲也說過類似的話。「還是別勉強比較好。比起華麗打法，認真重複扎實的動作還比較強。」不過，他還接著說：「只是，如果說……」

如果說，你在比賽時相信自己下一個打法能改變比賽趨勢的話，這個時候就嘗試看看吧。那不是賭博，而是挑戰。比賽並不是為了我或父母，而是你們自己的。在自己的人生中挑戰，那是自己的權利喔。

「要是不順利，事後再向大家道歉就好。失敗了，是我這個教練的責任，成功了，是你們自己的力量。」磯憲進一步這麼說，然後苦笑道：「感覺好像作了一個很酷的收尾，但是失敗了，是我的責任，這好像又說得太過火了呢。」

可以的。

我對球，伸出手，毫無觸感。原來對方選手一個轉身，反而閃過我。

被擺了一道。

是我害的。大家，對不起。瞬間，各式各樣的思緒在腦中擴散。輸了。不追上去的話……

球場地板「啾」一聲響起。

三津櫻為了支援被閃過的我，一個箭步衝出去。對手有些失去平衡，三津櫻出手拍到側偏的球。

漂亮的抄截！我在內心大喊。籃球旋轉著，三津櫻衝過去，對方選手也手忙腳亂拿住球。雙方開始以膝蓋著地的姿勢，相互搶球。

平常一張臉好像散發著平靜和平主義氣息的三津櫻，很擅長奪球，也就是成功地爭搶球。

衝過去的速度好快。

被緊抓住的球並沒有鬆開。

要是陷入膠著狀態，就會在敵隊球的情況下重啟比賽，所以這裡無論如何都希望搶到球。如果是三津櫻的話，我想，應該是能幫忙搶下的。

要是再晚個一秒，裁判或許就會吹哨，變成重新開始了。三津櫻確實抓到了球，隨即起身。

「三津櫻！」

大叫的人是駿介。他已經跑在前面了，應該說他深信成功搶到球的人會是三津櫻，早就開始跑了吧，現在人已經跑到接近籃框的地方。

三津櫻毫不猶豫傳出手中的球。但是，傳球路徑也早被對手看穿，球被縱身一躍的對方選手用手擋了下來。只是，無法順勢抓下球來。空中頓時交雜歡呼與慘叫聲。
只是，這次換匠撿到了球。他靈活運用嬌小體型，彷彿在地板滑動似地奔跑，一邊運球。
籃框下的駿介已經被鎖定，所以球傳不出去。
「步。」匠把球傳給我。我位於三分線稍後方，四十五度角。盯我的防守由於剛剛跟三津櫻搶球，回防晚了一點。
前方是空的。可以想像，要是運球切進去的話，對手中鋒就會擋住去路。從這個位置可以射球。
射吧，腦袋這麼說。此時不射，更待何時，我很明白。
身體無法立刻行動的原因，是突然閃現腦海的念頭：「如果沒射中呢？」在三分差距的對戰，已經沒有時間的情況下，要是毀了這個寶貴的機會該怎麼辦？整個人因此陷入不安。不射的話，就無法得分。這是理所當然的。只是，沒射中的話呢？
希望孩子能踏出那重要的一步。據說，爸媽是基於這樣的心情，才為我取名為「步」。結果，我每次在緊要關頭，都會裹足不前。
班上決定演戲角色時也一樣，我害怕舉手引人注目，所以放棄了選角。町內遠足去遊樂園時，對於有限定人數的遊樂設施，也無法主張說「我也想坐」，最後也坐不到。

如果不踏出去，風險就少，但是，也得不到想要的東西。

往前，邁出一步！

防守回到我面前，舉起雙手嚴陣以待。

失去剛剛那個時機了，根本沒有閒工夫為此懊悔，不知道還剩多少時間。

我把球再次傳回匠的手裡。

匠跟我不同，不論任何時候都很冷靜，不會猶豫。他隨即運球進去。本以為他會以壓低的姿勢，就那麼出手投籃，不過在防守就要堵到他之前，他像在地板爬行似地將球傳了出去。球在地板彈跳，傳到站在零度角、三分線附近的三津櫻手上。

籃框下的剛央，擺好陣勢準備搶籃板。

「三津櫻跟步可以從外面射籃就射，我會搶下籃板球，別擔心。」

剛央常常這麼說。與那滿滿的志氣相反，剛央有滿高的機率都搶不到籃板，只是那句「別擔心，我會搶到的」，的確讓人心安。

三津櫻毫不猶豫地射籃，球劃出美麗的弧線。時間彷彿凝結了一樣，我望著那條軌道，默唸著「快進、快進」。

球碰到籃框，反彈出去。不行啊……現在可沒閒工夫因此沮喪。現在，所有一切都取決於哪隊獲得這顆球的球權。

剛央始終緊盯著落下的籃球，他與高個子的對方選手相互推擠似地爭奪位置。

率先跳起的是對方選手。剛央隨後跳躍。他伸出手。雖然身高輸人，剛央藉由跳躍的姿勢與時機，贏了。他的指尖觸碰到球。

往上反彈的球，由於剛央的再次跳躍，彈了出去。球就像被扔著玩的小沙包[8]，沒有落到任何人手中，在空中飛舞。

我看到，剛央終於用雙手抓到了球，然後雙腳同時著地。就那樣作個了結吧！我在內心吶喊。

面對籃框的剛央前方，有兩個對方選手像銅牆鐵壁一樣高舉雙手，站在那裡。

正是在這個時候，駿介從旁像陣疾風衝過來。他無聲地朝籃框跑去。

剛央像是老早就知道駿介會從那裡跑過一樣，瞬間把球傳出去。

駿介，拜託你了。

接到球的駿介，隨即繞回籃框下方。
聲音頓時消失，駿介那迅速的動作看起來好緩慢。
他跳躍，扭轉身體，瞄準的是反手投籃。
他伸長了手，球飛了出去。要進啊，就在我禱告般的凝視中，耳邊響起球擦過籃網的聲音。
我看到握拳做出勝利手勢的駿介跟剛央，瞬間聽到某人的歡呼聲。我也用右手握拳。三津櫻表情放鬆。匠一臉從容地出聲說：「還差一分。」
剩下不到二十秒了。
對方在這二十秒之間，只要別讓球到我們手裡，就能直接獲勝。本來是想妨礙對手從底線發球的，但是在我擺好陣勢之前，球已經被傳出去了。
好想搶球，但是太勉強的話，就會跟剛剛一樣被識破。另外也想避免界外球，腦袋中，有個碼錶，應該說是沙漏的沙以恐怖的速度持續墜落。
我負責盯的選手，越過中線後停下腳步，原地運球。要是時間就這麼流逝就輸定了。必須行動，雖然這麼想，還是害怕失敗，遲遲無法採取行動、一決勝負。

8.日本有種原文稱為「御手玉」的童玩，會將填充豆子或米粒的小沙包，雙手扔著玩，故有此言。

就在這個時候，匠從旁邊衝過來。現在形成兩人包圍的情況。雖然運球中的持球者允許雙人包夾，但是相對地，匠負責盯的選手就會變成無人防守。雖然有風險，匠大概是覺得，現在當然不是談什麼風不風險的狀況了。

這不是賭博，而是挑戰。

一個人的話沒自信，如果有兩個人……我想。感覺背後一股炙熱的自信湧現。

對方有些焦慮，運球也因此失衡，匠以壓低的姿勢鎖定球，幾乎就是只以指尖，往前戳了球。

那顆旋轉的籃球，是我抓到了。

「步！」駿介從旁跑過。對方防守也緊迫盯人地跑在駿介身旁。

這樣的場景，不論任何時候都由駿介主宰。以前一直都是這樣，這次一定也是這樣。

我很擅長長傳。

我瞄準駿介跑的前方，把球推了出去。要接到啊。駿介接過球，開始奔跑。看起來是好像幾乎要冒煙的高速。眼前浮現他直接帶球上籃，得分逆轉的光景。一看計時器，剩下五秒。

平衡。

可以的，我想。說時遲那時快，駿介摔倒了。是地滑嗎，他頓時失去了平衡。

啊～體育館中似乎響起了這樣的聲音，在那之後一片無聲。我的耳朵或許被塞起來了吧。

我看到手忙腳亂地站起來的駿介，還有撿球的對方選手。那個選手立刻開始運球，卻被駿介突然伸出的腳絆到，摔了下去。

裁判鳴笛，做出用右手抓住自己左手腕的動作。

是違反運動精神的犯規[9]。

★

我像這樣，正在遙想當年時，三津櫻問我：「步，怎麼在發呆呀？」

「我想起那時候的違體犯規。五年前。」

「違體犯規？啊，駿介的？」三津櫻悠哉地反問，駿介一副想要咂嘴的

9.「unsportsmanlike foul」，或譯不合運動道德的犯規、違反體育精神的犯規等，也有人簡稱「違體犯規」。

神情。

「這麼久沒見，不要故意回想起這個啦。」

「就是因為很久沒見啦。」

小六少年籃球最後一場比賽，我們終究沒贏，無法打進總決賽就結束了。所謂的「違反體育運動精神的犯規」，直接翻譯英文應該是「不像個運動員的犯規」吧，總之是嚴重犯規。對手不僅因此獲得兩次罰球機會，還由對手發球。那時候的對手兩罰都進，最後就那麼結束了比賽。

「我也常常想起呢。」剛央說。

「我說你們啊，違體也沒那麼罕見好不好。」

就算不是特別粗暴的打法，光是企圖以故意犯規阻止對手快攻，也可能被判違體犯規，的確也沒有那麼罕見。

「只是，那麼豪爽去絆對手腳的犯規很罕見。」

「就說不是故意的啦。」

由於國中畢業後，五個人全升上不同高中，所有人湊齊大概是暌違了兩年。

週日中午過後，天空彷彿在慶祝我們的重逢——與其說是慶祝，或許也只到不妨礙的程度而已吧——裹上清澄的藍，雲朵也都藏了起來。

我回想起剛剛在磯憲家中，在窗邊床鋪坐起的磯憲，隔著窗簾往外瞥了一眼，說出的那句「秋高氣爽呢」。

「剛央，你小學那時候是成長高峰期了吧。我現在的身高，還稍微高一點呢。」駿介之所以會出言揶揄，或許是想避免因為當年那次違體而被責怪吧。「大家難得聚一起，就回想一下我國中最後的那次進算加罰啊。追到同分的必殺技。」

「結果，那場也是輸啊。」匠說。他在我們這群還是算個頭小的，儘管如此還是五個人之中感覺最成熟，而且還是爽朗的花美男，便服也很時髦，感覺連人家車尾燈都看不到了。

「先別管那些了，駿介你剛剛也說了，真的退出籃球社囉？」

「退啦，退了。」

剛剛，所有人對坐在床上的磯憲聊起各自近況，駿介那時候竟然說：「老師，我已經退出籃球社，現在是回家社。」大概是因為出人意表，我沒能當場深究，不過三津櫻應該也很在意吧。

剛央是早就知道了嗎，低聲碎唸：「真的是吼，有夠浪費才華的啦。」

「為什麼要退呢？」

「各種原因。」他簡短回答。

「那持續打籃球的，就只剩下剛央囉。」三津櫻悠哉說道。
據說匠進入縣內首屈一指的升學高中特別升學班後，為了跟爸爸一樣成為醫師，每天都孜孜不倦用功讀書。三津櫻升上高中後，雖然加入了籃球社，後來好像是為了幫忙媽媽經營的咖啡廳，放棄了社團活動。至於我呢，跟同學組了樂團，投入玩票性質的現場演出，但是也沒什麼特別的目標或野心。
國中時期的籃球社員也不多。當時懷抱著「不想再經歷少年籃球時期人數不足」的心情，一個不漏地積極邀約同學加入，結果一方面受到網球風潮影響，最後入社就這五個人，最後一年就算有低年級的加入，不過幾乎就是這五個人上場應戰。當時一路走來始終都是五個人一起，現在卻各奔東西，讓人覺得好不可思議。
剛央跟駿介一樣進入籃球名校就讀。雖說就只有身高停滯不前，不過據說是以準正式球員的位置全心投入練習。
「本來很期待能在高中跟駿介比賽的耶。」耿直認真的剛央這麼一說，不經意的話語聽來就像沉重的告白。
駿介沒有說話，而是用乾笑聲回答。
「磯憲的狀況怎麼樣啊。」得說些什麼才好，內心一邊這麼想，脫口而出的是這句話。

「匠，磯憲的病況怎麼樣啊？」剛央這麼問，匠只是一個以醫學系為目標的秀才高中生，當然沒辦法幫磯憲診斷。

哪可能知道啊，匠好像連這麼回答都嫌麻煩。「磯憲不是也說了嗎。『事到如今，還不如在家比較好』。所以說，就是那麼一回事吧。」

「那麼一回事，是怎麼一回事啦。」

我是大概半年前，知道磯憲因病暫停老師工作。是我媽媽藉由人脈關係聽說的，據說是重病，可能是癌症。那個磯憲明明還那麼年輕，我因此大受打擊。雖然覺得來探病比較好，只是我一如往常地還是沒辦法踏出這一步，一直煩惱該怎麼辦才好。結果，在上完補習班回家路上偶然碰見的三津櫻，乾脆地幫我作出了決定：「這樣一定要去探病的啊。」

跟媽媽商量後嘗試撥打磯憲家電話，磯憲的太太以乾脆到讓我們驚訝的感覺說：「請你們一定要來。」後來決定，既然如此就召集少年籃球時期的五人組一起好了。

磯憲笑容滿面地迎接我們。「我真的是閒到發慌呢。」他這麼開玩笑，聽來卻像是肺腑之言。以前沒看過穿睡衣的老師，那實在是非常家居休閒的打扮，讓我感到困惑。而且，老師的身體感覺上好像變小了好多。是因為我自己長大了的關係嗎？雖然心裡這麼想，不過從衣襬窺見的腳踝細到嚇人，讓我想要移開視線。

「老師是什麼病啊？」

剛央會拋出那種直接，甚至聽來失禮的問題，也是因為看到老師變得孱弱的身影，情緒因此波動的關係吧。

能來探病是很好，但是我們卻不清楚在病人面前該有什麼樣的行為，該說些什麼話，只能坐立難安地待著。

「是癌症喔，癌症。」磯憲沒有任何勉強地這麼說。老師也告訴我們是哪裡的癌，只是那個資訊沒辦法順利進入我的腦袋。

我們在回家路上，時而五人橫向一列、時而兩列，就像變換隊形的航空部隊一樣邊走邊聊。有人提議說，不然去車站附近的速食店吧，除了「今天之後還有考試」的匠，其他人都同意。

「那件事是不是真的啊？」這麼說的是剛央。

「那件事是哪件事？」反問的是三津櫻，「你是說磯憲看比賽那件事？」說中的是匠。

身體狀況不好或是藥物治療很辛苦的時候，我都會看你們的比賽喔。磯憲是這麼說的。

「那場最後的比賽，剩下一分鐘比數差三分，那一段的賽事變化真的會讓人胸膛發熱。精神都來了。真的，看了精神都來了。」

磯憲那時候的角色就像是臨時的教練，所以我們畢業後不久，他好像就離開少年籃球隊了。說不定，從那時候開始身體就不好了。總之，正因為如此，我們的比賽才讓他留下這麼深刻的印象嗎。

他說，他會播放那場比賽的錄影ＤＶＤ來看，做不到的時候就在腦海中回想當時情景。「會覺得，大家都那麼拚命了，我也得加油才行。前前後後，看了好多次喔。」

一而再、再而三地看，磯憲強調。

我們因為不好意思，沒能立刻回答，沉默了一會兒，駿介才開玩笑地說：「記憶中的我，有沒有被判違體？」

「漂亮地犯規囉。用腳去絆人家，那真的很過分呢。」磯憲張大嘴笑了起來。他的笑容與以前沒什麼兩樣，只是輪廓感覺比那時候變得更淡，讓我感到淒涼。

「啊，那個。」剛央是在我們經過市民公園旁邊時這麼說的。他指向公園草坪廣場那邊。

那裡設置了籃框。看來是比較新的。

「去看看吧。」剛央說。

「看了要幹嘛啦。」匠嘟嘴。

「又沒有球。」駿介嫌麻煩地說。

只是，穿越公園是捷徑，我們因此走進園內，經過草坪廣場。

週日過中午的時間，感覺似乎空蕩蕩的，儘管如此還是有三三兩兩的孩子跑來跑去嬉戲。

籃球場在比較裡面的位置，感覺像是街頭籃球的球場，遠遠可以看到有人在打三對三。

「請他們讓我們加入吧。」

「剛央，我跟你不一樣，國中畢業以後就沒在打籃球，動不了了啦。」我這麼主張。

「對對，像我前一陣子在體育課打過籃球，射籃完全進不去。」是為了掩飾自己的難為情嗎，駿介伸了個懶腰。

「不是啊，駿介你這樣不行啦。」

「為什麼啊，三津櫻。你自己還不是也都沒碰籃球了嗎？」

「不是啊，我跟駿介不一樣啦。駿介得幫我們加油才行啊。」

「為什麼啊。」

駿介對於不再打籃球的原因，總是含糊其詞。所以，我對於提及這個話題老是感到猶豫，三津櫻的說話方式強烈，讓我有些吃驚。

「因為，我從以前就一直覺得駿介會成為籃球選手啊。就算不是職業的，也會一直打籃球。」

「就說不可能了啊。」

「那當YouTuber不就好了，最近很多耶。像是打一對一籃球，或是挑戰射籃之類的。」

「YouTuber？我嗎？」

「駿介還滿有才華的，說不定很適合呢。」

「三津櫻，你有完沒完啦。」駿介粗魯地想搪塞過去。

「沒錯，關於這件事情我就是沒完沒了。」三津櫻說。

駿介嫌麻煩似地冷淡以對，不過他倒是沒有偏離直通籃框的直線路徑。或許意外地有嘗試看看的興致。好久沒看到駿介或剛央打球了，好期待喔，我悠哉地這麼想一邊跟在後面。

「步，等等。」匠突然叫我，是因為我最近吧。

欸？往他一看，發現他的視線正投向廣場旁邊長椅附近的男人。

那個男人好像才剛剛站起來。他拿著一個背包，穿著一件青苔色夾克，藍色牛仔褲看來不太搭調。他的體格好，肩膀也夠寬，不過可能是因為駝背，感覺沒什麼活力。

年齡比我們大，二十幾歲吧。要說是帶孩子來的爸爸又太年輕，可能是假日在公園稍事休息，又或是要赴什麼約還太早，坐在那裡等的吧。

所以，我起初也不明白匠說出：「那傢伙，不覺得怪怪的嗎？」這句話的理由。

「欸，什麼東西？」

「怎麼了？」三津櫻一回頭，剛央跟駿介也停下腳步。

那個男的，匠也不顧禮儀，指向前方男人的背部。「不覺得怪怪的嗎？」

「怎麼個怪法？」

「最近不是也有那個嗎？在東京都內。」

我一時會意不過來，他指的是什麼，原來是大概半個月前的隨機殺人事件。年輕男人隨意揮舞刀刃，繁華街道因此出現死者。新聞報導，被逮捕的犯人毫無悔意地闡述對於自己人生的怨恨。

「那種事情，只要發生一次，到處都會有類似的事情發生的。」匠說。「是種傳染嗎？又或是覺得，啊，原來也有這一招啊。」

青苔色夾克男慢吞吞地拖著步伐，朝沙坑的孩子走去。

我們五個人你看我、我看你。

可能不妙，即便心裡這麼想，我的雙腳卻沒辦法立刻動起來。男人的背包不是用背的，而是用手拿著。就在我覺得那樣子總有哪裡不自然時，他把手伸進包包。不祥的預感竄過全身。立刻動作！手腳或內臟都這麼判斷，腦袋卻踩了煞車。謹慎行動比較好！腦袋這麼說。

我不自覺回想起比賽場景，小學生的最後一場賽事，就是那場比賽。剩下不到一分鐘的時間，球傳到我手裡，前方無人防守。那瞬間的縫隙，也可說是機會，我卻對射籃遲疑了。因為，我害怕自己搞砸重要的機會。

明明是重要的緊要關頭，卻環顧四周，然後裹足不前，這就是我。「無法踏出那一步的步！」這句台詞掠過腦海。幼稚園時，曾被嘴巴很壞的某人，可能是其他幼童或是那孩子的家長這麼說過。說話的人可能覺得這是很有趣的說法，但是那句話卻像詛咒一樣始終留在我的身上。

剛央跟駿介拋下那樣的我，雙腳踹向地面跑了起來。

「喂，那邊那個……」就在剛央叫嚷的時候，男人從背包中抽出一把刀子。他抓著一把刀身很長的菜刀轉過來。

我無法接受眼前的現實，感覺輕飄飄地好像腳搆不著地。

「危險。」三津櫻在旁邊脫口而出，結果還是往前方跑去，也因此，我這才總算跟了上去。

看向這裡的男人臉龐，感覺上就只是一個四方形的輪廓裡鑲著眼鼻，寬闊的額頭格外顯眼，還有讓人聯想到爬蟲類的細長雙眼。

他再次背向我們，腳步隨即稍微加快。現在不是正握著菜刀，大步朝沙坑前進嗎？也不知道是故意還是湊巧，那個背包掉到地面上，開口頓時露出好幾把類似的刀子。

我覺得好像聽到了慘叫聲，但是那也有可能只在我內心響起而已。

剛央跟駿介毫不畏懼，他們卯足全力奔跑，匠還有三津櫻也在跑，我也從後面追了上去。

駿介完全沒有猶豫，一追上走在前面的男人，隨即拉住對方身體，然後使勁往後倒，此舉成功讓男人往後摔倒。

剛央立刻壓在呈現趴姿的男人身上，把他抓住。駿介奪下他手中的刀子，一腳踢得老遠。三津櫻則是整個人坐在男人的雙腳部分，阻止他行動。

「步，電話。」被駿介這麼一叫，我立刻拿出智慧手機，但是身旁的匠當時已經在打電話了。

做什麼都晚一步，我討厭起自己。除了我以外的四個人，總是在做應該做的事情，我心想。

我聽到周遭家長發出的尖叫聲。

在鳴笛的警車抵達之前，我始終茫然地站著。明明就沒在跳躍，身體卻上下動著。我花了一段時間才察覺，原來那是因為心臟發出噗通噗通巨響，血液迅速循環的關係。

★

就在我像這樣，回憶起這段往事時，三津櫻問：「步，你在發什麼呆？」

我們兩人正站在體育館外。那是我們十多年前上的小學。學校在數年前改建，幾乎不見往日面貌，體育館也變得富麗堂皇。據說是因為在這個大家都說少子化的時代中，這區不知道為什麼養兒育女的戶數反而增加，建築物大小趕不上兒童人數。

館內響起籃球彈跳的聲音，孩子發出吆喝聲。

「我剛想起六年前那個事件。大家一起去磯憲家的回程。」我們當時還是高中生。

「啊～磯憲。」三津櫻懷念地說。當我聽到他大學畢業後，與兩個熟人創立應用軟體公司時，還曾擔心說悠哉悠哉的三津櫻能經營公司嗎？不過，他所擁有的工程師技術好像很扎實，公司後來上了軌道，工作現在很穩定。他身穿輕便的夾克加牛仔褲，據說平常上班也是這樣的打扮，感覺有點羨慕。

「從那以後，五個人就沒再湊齊過，所以總會回想起來。」我想。

「那次很厲害耶，完全變成注目的焦點。」

「三津櫻，最近有跟誰碰面嗎？」

「跟匠還在車站一起過，剛央就完全沒有了。駿介總感覺很忙，現在已經是名人了。」

「託三津櫻的福啊。」

「欸，我嗎？為什麼？」

「可以當YouTuber啊。這麼說的人，可是三津櫻你喔。」

「我有這樣說嗎？」

他也不可能裝傻，好像是真的不記得了。

「畢竟，駿介是在大概兩年前開始做的吧，跟我說的話沒關係啦。」

「不，有關係。」我這麼斷言，三津櫻卻是馬耳東風。

「不過，他真的很厲害，對吧。我之前一看，播放次數多到不行耶。」

「駿介的影片？」

「不論再怎麼說，他是很愛籃球的吧。」

「的確。」聽到他退出高中社團活動時，大家都很吃驚，他當時很明顯地為此消沉，不過升上大學後，駿介就隸屬當地球隊，以籃球選手的身分回歸球場。我還記得，剛央很開心地告訴我這個消息。當時的電郵標題，寫的應該是「喜訊」。

駿介大概是從兩年前，開始當YouTuber公開展演一對一或個人技術的影片。我也是收到剛央的電郵才知道，記得那時候寫的不是「喜訊」，而是「特報」。反正播放次數超乎預期，也培養出了粉絲，總讓人覺得與有榮焉。

很久之前，我對於這行的印象是「光是上傳半玩票性質的影片，就能賺進大筆鈔票的輕鬆生意」，但是我明白，要持續製作影片，吸引觀眾關注並不簡單。很佩服向來單純靠爆發力生活的駿介，還真有他的，竟然能這麼有毅力地持續投入呢。

「另外，我們還是小學生時也想像不到，剛央會像這樣教小朋友打籃球呢。」

三津櫻接著問起我父母的近況。

「以這個年紀來說，算有活力的喔，現在還會提起少年籃球那時候的事呢。」

「他們對於加油打氣很熱心嘛。」「真的，那時候有夠煩的。」

時至今日，也開始能想說那些人當時的樂趣，或許也就只有那樣而已了。不就很類似偏愛的運動隊伍的熱心粉絲嗎？「那時候，應該多珍惜粉絲比較好吧。」

一接著這麼說，三津櫻就笑了。

過了一會兒，「啊，那不是匠嗎？」三津櫻指向前方。

只見一個穿夾克，身形挺拔瘦長的眼鏡男從校門那裡走過來。

「欸？那個嗎？」之所以會這麼想，是因為那個人比我知道的匠還要高十公分。

「好像是進大學以後，突然就長高了。」

「打籃球那時候就長高該有多好啊。」

「我之前也說過一樣的話，結果被賞了一個臭臉。」三津櫻笑說。「只是，身高矮一點不是剛剛好嗎？」

這話的意思，是腦袋好、醫學系學生、五官又端正，都已經多項全能的緣故嗎？

背著時髦背包的匠一走近，就舉起手說：「步，好久不見。」

「長高了。」

「打籃球那時候就長高該有多好啊……你不會這麼說吧。」

「我不可能這麼說的。」我誇張地發誓給他看。

「剛央在裡面？」匠指向體育館。

「剛剛偷看了一下，正在指導小學生呢。」

「為什麼要在這裡集合呀？在能喝一杯的店裡碰面不就好了。」

「據說剛央想在自己教的孩子面前威風一下，證明自己跟那個駿介可是朋友喔。」

「人氣YouTuber。」

「匠也看過嗎？駿介的。」

「有啊。」印象中對這種事情沒興趣的匠，理所當然似地點頭，我因此有些開心。「駿介還是老樣子，超快的。」

對啊，我懷抱著那樣的迅速彷彿本身功績一般的心情，點了頭。

「話說回來，」三津櫻若有所失地說。「駿介高中放棄籃球的原因，後來有聽說嗎？」

「三津櫻，你知道嗎？」我對這件事雖然耿耿於懷，但是後來始終沒機會讓他說明，直到現在都一樣。

「不久之前，我打破沙鍋問到底。」

「你打破沙鍋問到底了喔，那他怎麼說？」

「簡單說來，好像就是跟教練？coach？總之就是跟指導者不合。」

「啊～」「一定是那樣的吧。」

「像駿介這種就是會展露個人技術的選手，是不討喜的啦。」

不只籃球，在團隊合作的運動中，個人能施展的有其極限。不管你運球有多厲害，也不可能完美穿越對手的防守。必須靈活運用傳球、加上掩護，還有組織性的攻擊。當然，駿介理解這樣的機制，很願意以其中一顆棋子的角色打球。但是，他好像是因為「只是稍微自由地打球，就會好像偷了東西一樣地被責罵」，而感到厭煩。

「那就是駿介的極限。」匠冷靜地說。

「如果真的是很厲害的那種，自由地打球應該也無妨吧。」

是賭博，還是挑戰，兩者區別很難界定。

「想把你塞進既定框架的指導者是很多的。」

「畢竟，最有效率的教育就是塞進既定框架啊。」

「是嗎？」

匠並沒有回答，指向體育館。「為什麼不進去呢？」

「就覺得校外人士在裡面，好像不太好意思。還有，大家等的是駿介，我們進去只會讓他們失望吧。」三津櫻悠哉回答。「所以，就在這裡跟步聊聊。」

「那麼，那個駿介咧？」

「看過他的社群媒體，感覺也差不多要來了吧。」我也不可能定期確認，只是偶爾想知道駿介近況，就會用網路搜看看。

「上面寫了什麼？」

「預定在母校與少年籃球時期的朋友碰面。」

「好冷淡。」

「向來冷淡的匠在說什麼呀，」我說。「不過，很開心吧。」

「開心什麼？」

雖然只在影片上傳公開的世界，而且還是籃球這種限定興趣的世界變成名人的駿介，特地把我們寫成「朋友」，給那些不特定受眾看。這麼一說，匠說著：「哪有這麼誇張啦。」投來同情的眼神。又不可能寫成「親戚」或「外人」，他還這樣說。

體育館中傳來怒吼聲。

「你這傢伙，在搞什麼東西啊。別打了啊你！」

匠稍微翻了一個白眼。那是比以往更冰冷的眼神。「那是，剛央的聲音？」

「怎麼可能啊。剛央要是變成那種類型，會讓人失望透頂的。好像是剛央的前輩。據說這隊本來就是由那個人教的。」剛央好像是被叫過來幫忙而已。

「要說幾次才懂啊。真是沒用耶！」這陣聲音過後，館內一片寂靜。明明就不是自己被罵，胃部附近卻一陣緊縮。

「這教練很不像話耶。」匠毫不客氣。

「據剛央說，以少年籃球教練這個角色來說，好像是個優秀的人喔。說是每年都能打造出強隊來。」

我這麼一說明，匠卻以睥睨的方式說：「對小學生，不恫嚇就不能變強的隊伍，到底怎樣就不知道了。」

「可是，你想想嘛，要是太縱容，小孩子就會鬆懈了。」我說出父親以前說過的話。我無意擁護怒吼的教練，只是我的個性本來就不會採取單方面意見，會想要取得像媒體上正反併陳的那種平衡，也可能是老將立場形形色色的民眾放在心上的公務員職業病使然。也可以說，單純只是，不想走過危險的橋。這麼一想，胸口也隨之變得沉悶。

跨不出那一步的步，可以聽到這句詛咒。

「如果是想讓孩子集中精神，只要用適當的罵法就行啦。不用情緒化，表現出毅然決然的態度。根本不需要打擊對方自尊心、公開羞辱對方，或讓對方感到恐懼。」

「也是啦。」

「剛央的角色，是負責緩和惡言前輩的情緒嗎？」匠說著轉移陣地，大概是想從大門那裡窺探館內，不過又走回來說：「看不到耶。」

「對於剛央而言，畢竟是前輩，好像頂多只會說『也不需要罵得這麼兇吧』什麼的。」

館內再次傳出教練的怒吼聲。聽得到孩子被罵得狗血淋頭的聲音，卻聽不出具體內容。

「大聲怒吼抽象話語，是獨裁者的手法喔。」

「獨裁者，會這樣喔？」

「我不清楚具體原因，不過只要讓對方感到恐懼，那個人下一次就會想要察言觀色了。」

「是這樣的嗎。」三津櫻說

「那時候那傢伙或許也是這樣的喔。」

那時候那傢伙，這不正是曖昧詞彙連接著另一個曖昧詞彙嗎，我這麼批判。

「六年前，那個事件的犯人啦。」

「啊。」我剛剛才回想起那時候的事，腦海中立刻浮現在公園魯莽前進的男人背影。他手上拿的刀，在想像中感覺比實際情況還要大。

在其他人都奮力對抗的情況下，我看到，只有自己因恐懼而裹足不前。

「你說，那傢伙怎麼了嗎？」

★

六年前那個事件發生後，我們被媒體大幅報導，隨著「高中生立大功」的標題成為話題，被捲入難為情與麻煩的漩渦中。不論是在町內或校內，每天持續被誇獎、被揶揄，覺得疲憊厭煩，但是被逮捕的犯人卻沒有被怎麼大幅報導。

剛升上大學時，突然想起這事，曾用網路搜尋。那時的犯人，父親不知道是警界特考精英還是國會議員，又或是那種人的熟人，總之就是有影響力的人，所以最後沒承受多重的刑罰就了事……相關資料是這麼寫的。也可能是真假不明的都市傳說或陰謀論就是了。

雖然說是已經作好自我毀滅心理準備的隨機殺人犯，但畢竟沒有造成死傷，我想也很難求處重刑。

「那個犯人，據我在週刊雜誌上看到的，聽說父母很嚴格，總之就是得察言觀色過生活。簡單來說，就像是被獨裁者掌控一樣呢。然後呢，那種被壓迫到極限的壓力爆發……」

「最後導致那個公園的事件？」

「會讓人回想起磯憲說的呢。」三津櫻沉靜地吐出這句話。

「說過什麼去了?」

「我們在事件過後，不是又去探病過一次嗎?那時候。」

協助逮捕犯人，獲得表揚後，大家又順便到磯憲家拜訪。

然後我們之中不知道誰，以主觀認定般的口吻說出「那種異常者」時，磯憲平靜地說出這句話：「就算是那孩子，背後或許也有各種原因吧。」

「各種原因，是……」

「當然，也有人是始終過著毫無不滿的人生，用半好玩的心情去襲擊孩子；也有人不是這樣，而是被逼到最後才做出這種事的吧。」

「但是也有很多人就算被逼到最後，也不會去襲擊小孩啊。」我說。

「的確。」磯憲立刻接受。「只是，我覺得因此就說『那你們也忍耐就好了』，是沒辦法解決問題的。」

「老師好像主張性善說，還是該說相信所有人都是好人呢。」匠是為了諷刺才這麼說的，又或只是陳述真心話，我不知道。

「不，」磯憲笑了，「搞不好相反呢。」

「相反?」

「別說是性善說了，我根本不相信人耶。因為我自己本身也不是好人呀，所以囉。」

「什麼意思？」

「如果是虛構小說，像犯罪者之類的，有那種做出恐怖暴力又或凌虐弱小的惡人，然後有主角去打倒惡人，最後皆大歡喜，我覺得那樣也很好。只是，現實世界不是這樣的吧。」

「惡人也有好的地方，老師是想說這個嗎？」

「才不是呢。」完全不對，他搖頭。「我想說的是，那傢伙是個惡人，所以從懸崖上推下去，給我消失……這種事情是做不到的喔。想用魔法或刑罰讓惡人消失是很困難的。也沒辦法請唐．柯里昂，讓所有犯人都消失。」

「那是誰啊？」

磯憲並沒有回答。「在很多情況下，犯人總有一天都會被放出來回歸社會。沒錯吧？也有可能生活在同一個町裡。所以，把那個他視為異常，或無法相信！想要徹底排除，不是也很可怕嗎？」

「是這樣的嗎？」

「我是很實際的喔。那個人如果可以被關在某個地方，一輩子都出不來的話還好。」磯憲感覺惋惜地說。「我就是覺得，如果有非得回歸社會不可的犯人，那麼思考出讓他們盡可能與其他人和平共處的方法會比較好。那些人不幸福，我們也會有麻煩。面對惡人，說得出『那傢伙要判死刑！遊街示眾，斬首後懸首獄門！』這種話的人，才是夢想家吧。因為這樣很不切實際。」

「既然這樣，您說要怎麼樣才行呢？」

「這很難吧。」磯憲乾脆地說。「大概沒必要溫柔以對，又不可能當好朋友。」

「那，不就無解了嗎？」

「對啊，無解呢。」磯憲煩惱微笑的面容，我到現在都還記得。「你們如果找到答案，要告訴我喔。」

大門發出「喀啦喀啦」聲響開啟。猛然一看，剛央隨之現身。臉跟以前沒什麼兩樣，手臂變粗了。胸膛也變得厚實，一旦面對面，甚至想為本身的孱弱羞愧低頭。

「什麼嘛，不是早就到了嗎。直接進來不就好了。」

好久不見，我們向他打招呼。「我們也不好打擾到孩子練習。而且駿介又還沒來。匠才剛到。」

「要不要進去呢？」剛央指向體育館。

不用了……就在我們客套時，又聽到一陣彷彿怪物從門縫鑽出來的怒吼。剛央回過頭去，滿臉困擾地皺眉。

「這是不是就像任何時代都一樣的傳統技藝啊。」三津櫻一本正經地這麼一說，我與匠全都稍微笑了出來，剛央的臉龐更為扭曲。「你們覺得呢？」

「管我們怎麼覺得，那就是不好啊。」

「匠還是老樣子耶，乾脆精闢。」

「那種指導方式根本百害而無一利啦，讓他別再這樣比較好。」

「這我也瞭解喔，只是，要跟前輩說這種事情很難好不好。」我能考慮到剛央的立場。因為自己做公務員，對此有實際感受。不是說我們這邊正確，就能說服對方。就算說出一番合理道理，口頭上駁倒對方，之後彼此的關係也會變得尷尬。就算變得尷尬，只要情況有所改變那還能接受，但是很多時候演變到後來，都是情況沒有改變，只有彼此關係變得尷尬而已。

「家長沒在看練習狀況嗎？」我們打少年籃球的時期，家長來接孩子也常順便參觀大家練習的樣子。我想，如果在父母面前情緒性地口出惡言，多少也可能會有點問題的。

「現在基本上，都不讓家長來看練習了。」

「所以是背著父母虐待。」匠輕蔑地說。

「倒不是那樣，據說我們隊的父母，那種感覺的人很多耶。」

「那種感覺，是……」

「會說什麼請嚴格鍛鍊、狠狠地幫忙教訓也沒關係。」

「真的嗎？」我雖然這麼說，但是我的父親也是這樣，所以並不意外。

「還滿多的呢。說什麼『自己小時候，都被狠狠教訓過啊』，像在講什麼英雄列傳的父親。」

「自己以前討厭的事，也對下一代做，有沒有事啊。是沒必要寵孩子，話雖如此，威脅孩子或讓他們恐懼也沒有意義啊。」

「這我也瞭解呀，我從以前就常說類似的事情啦。」剛央流露苦澀神情。

「總之，先進去再說啦。駿介應該也快到了吧，我也有向他們提過你們的事情喔。說少年籃球時期的朋友，會來幫忙大家練習。」

「我們畢竟跟剛央不同啊，現在打什麼籃球就會受傷，給大家添麻煩的。」

「你們身高都比小學生高，光是當牆堵他們都會很有幫助的。」剛央說著：「好了好了。」一邊帶我們到入口那裡去。「啊，話說回來，匠，身高，長高了耶。」

「對啊。」

「打籃球那時候就長高的話多好啊。」剛央一這麼說，匠大大吐了口氣。身高到底有什麼重要的啦，他有點惱火。的確，正如他所說的。

★

一走進體育館，將近二十個孩子回頭看向這邊。正當他們受到謾罵斥責，全都悄然無聲時，鬧烘烘走來的我們感覺突兀，不過這或許也是剛央所期待的吧。他可能想藉此勉強緩和緊繃的氣氛。

「山本先生，這是之前提過的，我的朋友。」剛央朝著一段距離之外的教練，以孩子也能聽見的響亮聲音說。

被稱為山本先生的教練，是個光頭，個子高皮膚黝黑。肩膀也很寬，莫名地散發威嚴，讓我不禁心想：「這從孩子的角度看來，會覺得恐怖吧。」

山本教練一下指示，小學生火速跑過來，在我們面前排排站。其中有好幾個人都理平頭。請多多指教！聽到這麼一聲幾乎讓人暈眩的活力充沛的招呼聲，就連匠都不由得為之震懾。

「啊，那個，你們一直在等的駿介還沒來，不過馬上就到了。」

以籃球為主題的影片上傳公布者——駿介，據說也很受孩子歡迎，他們今天一定也很期待能見到他，所以我焦急地想說「必須先跟他們說明才行」。也有些孩子流露失望神情，儘管如此，所有人的行為舉止還是禮貌莊重，緊接著又立刻回到山本教練身邊去。看起來也像訓練有素的軍隊。

練習重新開始，我們走到舞台那邊，各自坐下，從那裡茫然眺望他們練習的樣子。

雖說現在已經沒在打了，但是從小一直到國中畢業，籃球總在生活重心中占有一席之地，對籃球還是有一定程度的感情在。

感受著籃球的彈跳、交錯穿梭的傳球，更重要的是聽著成功射籃瞬間那「唰」一聲爽快的聲音，心情便隨之變得激昂。三津櫻與匠現在也懷抱著同樣的心情吧，他們全都沉默著，眺望連名字都不知道的小學生練習。

後來，他們開始比賽形式的練習。

「人數比我們那時候還多。」過了一會兒匠這麼說。是回想起當年，我們為了湊滿規定人數，還讓低年級孩子總動員了吧。

又開始聽見山本教練情緒高亢的聲音。剛央也高聲發出指示。

「唉，打籃球就是這樣，一方面是因為運球的聲音很大聲，不大聲就聽不見指令吧。」

「可能吧。」我也同意三津櫻的意見。

「只是，也不用情緒性地謾罵吧。」

「也是啦。」我也對匠的意見點頭。

「少年籃球的最後一場比賽那時候，對方隊伍的教練也很恐怖吧。」

就是因為你什麼都沒做，所以才會被追上的啊！的確是這樣怒罵了吧。我對於自己事到如今都還記得感到驚訝，被這麼說的選手一定記得更清楚吧。

明明就不可能什麼都沒做吧。那時候，大家應該都想贏。

山本教練大叫：「喂，那邊！」那聲喊叫又完全吞噬體育館內的聲音。孩子全都一個哆嗦，全身僵硬。

唉～匠嘆了氣。

練習中止，山本教練勾了勾手指，召喚其中一個小學生。「你啊，真是個說幾百次都不懂的傢伙耶。」

都已經是幾乎臉貼臉的距離了，無論如何也沒必要那麼大聲說話。大概是情緒高昂吧，山本教練的言詞越來越激烈。

孩子的臉龐扭曲，身體往後仰似地一味點頭稱是。

「唉，那或許也是他拚命認真的一種表現吧。」

「既然如此，還有稍微改善的空間吧。其他孩子也是一副怕得要死的樣子，不然就只是在假裝很怕而已。如果真心想教，根本沒必要這麼大聲嘛。那樣，就只是想要殺雞儆猴而已啦。」

「看到這幅情景，」三津櫻用了很單純的說法。「會忍不住覺得，運動是無法鍛鍊人性的呢。」

「不只是運動的世界喔，不論任何領域，只要能力強或自己擅長，就能逞威風，這跟人性沒有關係。」

我無法同意也無法反駁，只是茫然回答。

周遭迴盪著山本教練的聲音。「說到底，你們在上次比賽也是，對方一點點犯規就在那邊痛痛痛，如果真正專注投入比賽，痛的感覺根本就不知道跑哪兒去了吧。」

聽到這話的三津櫻問匠，醫學上是這樣的嗎？我覺得很好笑，但這到底不是能笑出來的氛圍。

我心想剛央怎麼辦，只見他不知道什麼時候已經站到山本教練身旁，用溫柔的語調開始指導孩子。我明白，他費盡苦心地過濾掉惡言教練的台詞，只想傳達出話裡真正重要的部分。是打算維持前輩的自尊心，同時緩解孩子們的恐懼嗎？

這種火花四射的氣氛讓人坐立難安，我起身說：「我還是出去外面好了。」不過就在這個時候，門往側邊被拉開，發出聲響，孩子也全都反射性回頭。

現身的是一個頭髮理得短短的，擁有敏捷俐落外表的男人，他高舉著籃球走了進來。

「啊，是駿介。」三津櫻發出開心的聲音。

他環視館內，一發現舞台上的我們，就舉手說：「嗨。」或許是有山本教練的指示吧，孩子哇地跑過去打招呼。

孩子的表情也與剛剛天差地別，看起來變得好開朗。比接近我們時更興奮。

「駿介！」這麼呼喚的剛央，毫不隱藏「感謝幫忙緩解當下尷尬氣氛」的心思。

駿介從小就不是屬於能言善道的那型，不過常會引領大家去做些什麼。現在也沒有改變吧，他向山本教練打完招呼，就開始說：「大家來比賽看看怎麼樣？」也不在乎練習的規劃表，對我們吆喝道：「步你們也來啊。都穿著球鞋吧。」

真沒辦法耶，我們說著一邊從舞台下去。要說內心不雀躍嘛，那也是騙人的。

★

事件發生時，我人正在被稱為「器材室」的空間中。當大家熱鬧地開始打起比賽時，不知道是誰把球扔到了籃板後方，卡在籃球架上拿不下來。所以，我來這裡找找有沒有長棍之類的東西。

由於腳邊有好幾顆籃球滾來滾去，我把籃球拿在手上四處張望。昏暗的器材室跟我們小時候不同，感覺清潔，有被整頓過，但是我始終都找不到類似長棍的東西。是放在其他地方嗎？

器材室外面，從球場那裡傳來「砰」一聲沉重聲響。那是彷彿有什麼人從屋頂墜落，激烈衝擊地板，又短又重的強烈聲響。我當下解讀成，有人用什麼粗魯的方式把那顆卡住的球弄下來了。同時也聽見慘叫聲，我的想像是他們用了什麼滿大膽的方法，或是嘗試過後卻失敗了。實在有夠熱鬧的耶，我心想。

那時的我，絕對不可能想到是有可疑人物闖入，還擊發了子彈。

正當我拉開器材室的門扉時，隨即察覺到異狀，手也跟著停止。停得好啊，都想這麼誇讚自己了。要是再多出一點力開門，就會發出聲響被發現了吧。

穿著連帽衫，並將帽子套住頭部的男人，正在體育館正中央不知道喋喋不休些什麼。孩子發出尖叫。又是一個聲響。那是槍聲。往哪裡擊發了呢？

孩子發出夾雜哭聲的嚷嚷。也有孩子叫著「媽媽」。

心臟劇烈跳動，雙手顫抖。我從門縫窺探。

孩子們與山本教練、剛央或駿介等人正對著連帽衫男。男人很高，雙肩寬闊。男人的打扮就是一副買完東西要回家的模樣，只是右手拿的手槍並不正常，讓他完全喪失了現實感。

「喂，你這傢伙，別做傻事啊。」可以看到山本教練一步、兩步，往前邁了出去。與他之前斥責孩子時一樣的響亮恫嚇聲。

男人喊出不成言語的話來。彷彿有人以沉重靴子心一橫重踩地板的聲響，搖撼館內。

山本教練整個人縮成一團倒下去。有人發出尖銳聲音。被射中了嗎？雙腳頓時無力，感覺就要當場癱坐下去了。

可以看到山本教練倒在那裡。雖說剛剛才初次見面，彼此只是點頭之交，但是幾分鐘前還好好站在那裡的人就這麼被槍射中，讓人只感到茫然。

「你……你這傢伙，搞什麼東西啊。」

耳邊傳來山本教練的聲音。被射中的好像是大腿，雖然那也算慘了，但是確認他並沒有喪失生命，讓我鬆了一口氣。

連帽衫男晃動手槍，讓孩子還有駿介他們移動到牆壁那裡去。

「知道了，你冷靜點，不要開槍啦，還有孩子在。」剛央雖然聲音發抖，還是高舉雙手，這麼訴求。

男人一把將眼前的小學生拉過來，從背後抓住，用槍口抵住孩子的頭部。手裡控制著人質的犯人……這場景如今真實在眼前上演了。

怎麼辦？該如何是好。人在器材室裡的我，沒被發現。

我的腦袋中，只有詞彙在空轉。我並不是在思考，只是想著「怎麼辦」而已。

總是跨不出那一步的步，我又聽到這句話。

打電話報警，我的手一邊摸向口袋，結果參加練習時，隨身物品全都集中放在外套旁邊了。

他到底有什麼目的？

男人的側臉，躍入我聚精會神的雙眼中，就在那瞬間，「啊」的一聲不禁脫口而出。

是那個男人，六年前在公園被我們制伏，持刀的可疑人物。雖然歲月流逝，他的臉卻幾乎沒什麼改變，跟那時候一樣面無表情。

我知道，匠在對他說什麼。

匠恐怕也察覺到了吧。

什麼時候被放出來的呢？像這樣重逢，不會是偶然。

是因為我們在這裡，所以才會跑來的。

是因為我、三津櫻，還是匠呢？不，從時間點看來，是駿介。那個男人是偶然發現駿介，又或基於本身的執念，刻意跟蹤駿介的嗎？

大概是後者吧。駿介是在網路活動的名人，所以能追蹤他的動向。不是看到社群媒體，覺得能見到我們才來的嗎？

或許是覺得，給六年前制伏自己的那些傢伙一點顏色看看的時機終於來了，所以激發了鬥志。

一股與雙腳的顫抖不同的冰冷哆嗦，侵襲體內深處。男人是懷抱著頗為強烈的意志，來到了這裡。甚至連手槍都準備好了。

針對我們的復仇。

得想想辦法才行。

我另外也察覺到一件重要的事情。現在，還沒被那個男人發現的，就只有我一個人而已。

也沒有時間了。

如果是為了報仇雪恨來襲擊我們的，根本就沒有談判或說服他的餘地。他應該很快就會朝剛央或駿介開槍。

槍聲什麼時候響起都不足為奇。

必須想想辦法才行。只是，該如何是好？

雙腳無法離開地面。

跟那個時候一模一樣。

六年前，那個男人在公園從背包拿出刀子時，我沒有動。我當時心想，應該謹慎行動，但是那只是藉口。單純只是因為恐懼而已。

小學的最後一場比賽中，剩下一分鐘，當我手裡拿著球時，也因為「要是沒射中呢」、「要是失敗呢」等想法而全身僵硬。

不知不覺中，我已經緊緊閉上雙眼。不要緊的，下一次就做得到了。我感覺到這麼對我說的視線。那是磯憲的雙眼。不管是小學比賽時的暫停時間，又或是他從床上坐起來的時候，都像是能洞悉我的心情似地望著我。

那不是賭博，而是挑戰。

如果失敗，是我的責任。

我很清楚，這不是「誰的責任」的問題。不過，只要想起這句話，腳底像抹上強力糨糊的鞋子，就會變得輕盈。

我移動到牆邊，可以碰觸到那裡的按鈕。

雖然是沒看過的操控面版，大概因為是孩子在用的，上面周到地貼著一張貼紙，寫著「籃框上下移動用」。

不管是往上還是往下，只要籃框動起來就好。我按下能讓遠遠位於舞台對面的籃框啟動的按鈕。

聲音響起。

籃框一旦突然開始移動，人一定會反射性望向那邊。雖然可能只有極短暫的時間，但是絕對不能錯過。

要是猶豫，就什麼都完了。我猛然將門扉往旁邊拉開。

持槍男人望著籃框發出機械聲響，一邊緩緩上升。他正背對著我。

「匠！」本以為自己會因恐懼而扯不開嗓子，但是我發出了響亮的聲音。

男人發現到我，大叫著回頭。我看到他企圖用槍指向我，仍然把手中的籃球扔了出去。

我從小就擅長長傳，祈禱現在還是做得到。還好是小學生用的五號大小的球，扔出去的感覺比一般籃球更輕盈，也能強力地將球推出去。

匠的話，沒問題。

我雙腳踹向地板，朝男人衝過去。鞋子在地板發出啾啾聲響，激勵著我。只能勇往直前了。

孩子頭部被槍抵著，要是被扣下扳機……這麼一想就不寒而慄；但是，如果他的目的是復仇，比起孩子，瞄準我的可能性應該更高。

男人朝我舉好槍。

槍口正對準我。哪有這麼容易射中的，我這麼說服自己。

我從視線一角，看到匠接下我的球，他幾乎沒有任何預備動作，直接拋出了球。當年冷靜敏銳傳球的匠，與眼前的他重疊。不論任何時候，他總能幫忙將球傳到我想要的地方去。

球猛烈撞擊男人右手，抓著槍指向我的那隻手。

男人發出輕微呻吟，手槍也在同時應聲墜落地面。

手槍在地板上滑動，男人慌忙轉身想撿，原本被抓住的少年因此獲釋，剛央隨即用背部庇護孩子。

三津櫻搶先一步撲向轉動的手槍，比賽時能對爭搶球迅速做出反應，撲上去的身影，與眼前的他重疊。

男人臉上出現裂痕，比起苦悶，更像是被痛苦、憤怒撕裂的裂痕。

他發出彷彿要刺穿天際的高亢叫聲後，從屁股口袋拿出鐵鎚。他伸長手臂，開始到處亂揮，然後企圖朝向抱著手槍不讓任何人搶走，趴在地上的三津櫻攻擊。

我站到男人面前。匠也來到我的身旁。我們兩人，牽制著對方動作。只有自己一個人會怕，但是只要同伴在身邊，擺好相同陣勢，就覺得吃下了定心丸。

「步，運球動作大的對手，是能判讀出行動的。」匠說。別錯過了喔，他還這麼說。大概是為了讓我鎮定下來吧。「對方是不會做假動作的。」

事實上，男人正胡亂揮舞鐵鎚，動作也很大。別慌，我這麼告訴自己。

那時候，小學最後一場大賽，剩下最後一分鐘我們沒能追上比數，因此敗北。不論是藉口或不服輸的說詞再多都有得說，內心始終殘留懊惱與窩囊的感覺。

這次……

剛央帶著孩子，說著：「往這邊。」一邊引導他們往體育館的出口移動。其中也有幾個孩子雙腳僵硬，蹲坐在那裡，所以也要連拖帶拉的。

開什麼玩笑，男人又大叫。不知道是汗水還是唾液的水滴飛濺。

我瞬間動彈不得，匠或許也一樣吧。

男人一個轉身換了方向，開始朝孩子那邊衝。

幾乎就在同時，有個孩子跌倒了。

啊，我脫口而出，全身血液為之凍結。

男人朝著摔倒的孩子加快速度，簡直就像要往弱小獵物飛撲過去，大概是覺得事到如今，至少一個人都好，要用鐵鎚把他敲爛。

感覺似乎聽到了比賽結束，勝負已定的蜂鳴器聲響。那是從小學開始聽過無數次，代表結束的訊號。率先浮現腦海的，果然還是小學最後一場比賽的結尾。

不只那個時候，不只有籃球。在那之後，也有過「已經盡了人事」但是卻「沒能贏」的經驗。不甘心，這句話至今都不曉得說過多少次了。

這一次不想輸，輸的話就完了，必須阻止他才行。

就是在這個時候，旁邊有個人影衝過來。

不論任何時候，都悄無聲息、疾風似地跑來。

朝目標跑去的駿介，總等著我傳球。就由你來作個了結吧，我懷抱著這樣的心情在內心傳出球去。

我看到駿介以滑行般的高速衝向男人腳邊。手持鐵鎚的男人就那麼摔到了地上。

★

前輩，我想救護車馬上就來了，請再忍耐一下。

剛央對壓著出血大腿的山本教練說，小學生在教練身邊圍成一圈。

孩子因為突發的恐怖事件當然都陷入了恐慌，原本都惶惶不安地盼著警察或家長早點來，可是在不知不覺中也恢復了鎮定。

原因之一，大概是匠看了山本教練的大腿傷勢後說：「雖然有出血，不過沒事的。」雖然不清楚醫學系學生擁有的診斷能力如何，不過他那種天生淡然的說話方式，或許發揮了一定程度的說服力。

而且，三津櫻說的那句話：「教練，如果專注投入比賽，什麼疼痛的感覺都會不知道跑到哪裡去的，所以請您不要覺得痛。」也成為了緩和大家緊張情緒的契機。

有人聽了笑出來，孩子隨後圍住疼痛的教練，開始你一言我一語，半開玩笑地開始鬧著玩。

另外還有一個原因，大概是男性犯人散發出的危險感覺消除了吧。

我們用器材室的跳繩，一圈又一圈繞住他的手腕與腳踝，根本無法從橫躺的樣子變換姿勢。而且，不僅剛剛衝過來襲擊的魄力盡失，後來甚至開始嗚咽。那不是因為悲傷吧。彷彿夾雜著怨恨、失望與痛苦，從體內深處溢出的啜泣。

本來覺得很恐怖的男人，正抽抽搭搭地流淚。

雖然感覺詭異，但是被綑綁的手腳無論如何，很明顯地早已喪失再次襲擊過來的氣力。

我們疲憊不堪，簡直就像打完比賽一樣，靠坐在體育館的牆邊。

「對不起喔，把你綁成這樣，」三津櫻這話，是對著人在我們前面的男人說的。「可是不這樣的話，太恐怖了。」

「會痛的話要說，再幫你弄鬆一點。」我也說。

「不行，弄鬆的話很危險吧。」剛央立刻指正。

「只是你啊，為什麼，要做出這種事情來啊。」過了一會兒，駿介嘆了口氣。

「是因為六年前的怨恨，才鎖定我們的嗎？」

男人沒回答，只是持續哭泣。

是遷怒的恨意啦，我當下差點這麼脫口而出，但是在不瞭解他的心情的情況下，甚至可能激怒他，所以又把話吞了下去。

「你是怎麼弄到手槍那種東西的啦？」我聽著駿介這麼問，一邊回想起磯憲說的那些話。

雖說犯下了持槍襲擊孩子這種恐怖的案件，實際受傷的也只有大腿被擊中的山本教練一個人而已。事情很嚴重沒錯，但是應該沒辦法憑藉這樣的罪行，以魔法或刑罰讓他消失。這是再犯，或許會遭受相對應的重刑，可是不可能因此就能謝天謝地、皆大歡喜。刑罰輕重還得看手槍的取得途徑，然而我並不認為，他需要耗費漫長歲月才能再次回歸社會。

「我們，也不是刻意說想去妨礙你的。只是說，不能做的事情，就是不能做啊。」

駿介或許也回想起磯憲說過的事了吧。聽起來就像預期犯人會再次回歸社會，刻意選擇與「拒絕」或「定罪」不同的詞彙在說話。

男人使勁瞪著雙眼，是憤怒所導致的嗎？

他是在氣什麼呢？

是在氣說話自以為是的我們？還是犯案失敗的自己？又或是其他什麼事情？

「自己的人生，無論如何都沒救了，反正就是完了，所以要拖著大家一起主動終結它，你是這樣想的吧？」剛央說。

「唉，大概就是那麼一回事吧。」

「匠說話為什麼可以這麼冷漠呢。」我焦慮地擔心男人會發脾氣。

「我跟你說，」駿介將臉轉向躺在那裡的男人。「根本不會完呢。」

孩子的聲音靜了下來，體育館中突然鴉雀無聲。

我們往駿介瞥了一眼。

「以前，我們的老師說過喔，在學校擔任籃球教練的老師。」

「是磯憲？」

「對啊，最後一場比賽那時候，剩下一分鐘那時候。」

我想著曾說過「那場比賽我看了好幾次」的磯憲。

「他說：『你們知道在籃球的世界裡，剩下一分鐘叫做什麼嗎？』」

啊～胸口一陣緊縮。或許是因為一股懷念，還有「再也回不去那時候」的寂寥襲上心頭。

正在追落後的三分比數，相信應該一定能贏，正準備回到球場上的我們，回頭問他。「叫做什麼呢？」

永遠，是永遠喔。

磯憲當時的臉龐，應該是因為不好意思而扭曲。

「永遠。」匠說出了口，我也回答。三津櫻與剛央的聲音也與我們的重疊。

「對啊，永遠。既然籃球的最後一分鐘是永遠，那麼我們剩餘的人生，你的也一樣，就是非常充裕的，永遠喔。」

「亂七八糟的想法，根本就沒這道理。」就連這麼說的匠，表情不是也綻放出笑容了嗎？

被綁住的男人雖然流露憤怒似的神情，儘管如此，看來並無意反駁駿介的話。只是，他的呼吸是紊亂的。

接著，駿介說：「我，會去職籃隊試試看的。」

大家瞬間不懂他在說什麼，一陣沉默。這話題也轉得太唐突了。要說是玩笑嘛，又不好笑，也不該是這種時候提出的話題。

「欸？」「什麼東西？」

「B聯賽啦，第二級的。」

「真的假的啦。」剛央的聲音雀躍。

「就有人來談啊，也有人說就像是攬客的貓熊就是了。」

只要延攬人氣YouTuber，不但有話題性，或許也能增加動員的人數。會這麼想的隊伍也不足為奇吧。這也代表，駿介擁有的支持者數量已經達到這種程度了。

「現在這種狀況，適合提這事嗎？」匠苦澀地說。

駿介更深入聊了起來。「想成為職業球員，可能只限於始終走在這條路上的精英，而且都這個年紀了，應該不可能了吧……我之前像這樣煩惱了很久，我這種的，算邪門歪道吧，高中就退社，然後從YouTuber打起。」

「是邪門歪道中的邪門歪道。」剛央苦笑。

「不過，駿介的打法本來就不是受限於既定框架的那種類型呀。」我無意鼓勵，只是也發自真心地這麼說。

「不受限於既定框架的道路，會走到哪裡去，希望你能去試試看呢。」三津櫻也用輕鬆語調說。

體育館好像突然變得老舊，我們也彷彿回到了小學生那時候的心境。騎腳踏車過來，跟大家一起練習。也沒有思考自己將來要做什麼工作之類的，就只是練習運球、投籃，為了學校每天發生的事情或喜或憂。

大把大把的光陰是在什麼時候，徹底流逝的呢？

「喂，等我哪天能以職業球員的身分打球時，要來看喔。」

駿介並不是在對我們說，似乎也在號召被綁住的男人。

大概就在這時候，總算聽到由遠而近的警車鳴笛聲。孩子發出歡呼。得救了，或許是如此確切深信。教練，救護車也要來了，再忍耐一下就好，不要哭喔，有某人這麼對山本教練說。

被綁住的男人不發一語，雖然瞪著駿介，但是無法判斷那是出自怎麼樣的心情。

「下次再一起去磯憲那裡啦。」

「匠竟然會這麼說，還真難得。」這麼回答的我，當然已經決定要去磯憲家拜訪了。

「已經六年了耶，真是超乎想像地頑強呢。」匠打趣地說。

「他才真的會永遠活下去吧。」剛央笑了。

嘿咻，駿介說著起身。拍拍屁股後說：「剛剛那個。」

「什麼？」

「最後，絆了他的腳，算違體吧。」

你很無聊耶，我們說著用鼻子哼笑出聲。

眼前男人的臉龐，因為那彷彿被獨自留在深海中的人所流出的深沉暗色淚水而溼濡，他也不是自願做出這種事情的吧。

明明不可能是自己所期盼的，卻困在迷宮中，由於窒息感與不安才想從裡面逃出來的吧。

「抱歉，剛剛那是違體呢。」駿介這麼告知男人。

啊，對了。

如果是違反體育運動精神的犯規，對方不但會被賦予罰球權，還能獲得重新開始的權利。

我想要告訴男人，這件事。

逆ワシントン

反華盛頓

★

當我正在教室收東西準備回家時，從稍遠座位過來的倫彥說：「謙介一起回去吧。」他是住在隔壁町，從幼稚園開始就常玩在一起的朋友。但是倫彥大概從三年級開始就忙著打棒球，一起玩的機會也變少了。「今天沒練習，所以不用急著回去。」他很開心地說。

一走出教室，中山老師正要把走廊牆壁上的大張模造紙撕下來。

「老師，為什麼要把『教授』的自由研究[10]撕掉呢？」倫彥立刻就發現，用手指著說。

「啊。」老師猛然回頭。大概因為我們到去年為止的導師是將近退休年齡、不苟言笑的資深老師吧，年輕的中山老師感覺就像年紀差比較多的大哥哥，很容易親近。

「那個會怎麼處理啊？」我也指向中山老師開始捲起來的模造紙。「是『教授』的吧。」

10. 日本小學在暑假等長假，要求學生自行選擇研究主題，以各種方式深入研究後提交的作業。

名字雖然是「京樹」[11]，不過因為感覺格外學識淵博好像大人，所以我在叫他名字的時候，腦子裡都會浮現「教授」的漢字。

「其實是因為被罵了。」老師臉一垮。「我們校規有規定，不能去電子遊戲場的吧。學校聯絡簿裡也有寫。就有家長說，規定明明是這樣，結果卻在電子遊戲場裡做研究。也是啦，的確就像家長所說的。」

「教授」的自由研究，是夾娃娃機的攻略法。據說他暑假閒來無事，就頻繁到購物中心的電子遊戲區，研究夾娃娃機。他在「研究方法」的項目中，開宗明義就寫說「因為我們家沒有多餘閒錢」，感覺上就像是報告自己每天生活的作文，總之他並不是用自己的錢，而是觀察其他人怎麼夾。研究內容整理出失敗的人的模式，還有擅長的人的訣竅，最後自行彙整。而且由於他一直待在店裡，向覺得可疑的店員說明是「暑假的自由研究」，引起對方興趣，後來就跟著幫忙陳列機台獎品，獲得店員傳授好幾個訣竅，還收集到相關資訊。

他不是參考網路影片，而是憑藉自己的力量統整出攻略法這點，很讓人感動，在校內也成為話題。研究被貼在走廊上時，就連單純只是同班的我都覺得與有榮焉。

所以，要把這個研究撤除，對我的打擊滿大的。

「可是『教授』的媽媽就在那個購物中心工作，就算每天去，也不算是那麼糟糕的事情吧？」我這麼主張。事實上，自由研究也有提到這方面的事。說是，為了跟媽媽一起回家，才順便去的。

「你說得沒錯啦。不過畢竟違反校規，就算想睜一隻眼閉一隻眼，也沒那麼容易擺平的。說不定其他孩子會覺得，那我也可以去囉，最後就會一發不可收拾。」

欸～我們發出抗議的聲音。那種枝微末節的小事隨便怎樣都行吧，我想這麼說。

中山老師看來也很難受，所以的確沒辦法這麼容易就擺平的吧。

「他今天，等一下會跟媽媽一起到學校來呢，為了這件事情。」

真的假的啦，竟然因為這種事情被叫來喔，倫彥誇張地表現驚訝。「如果是沒做功課就算了，完成這種嘔心瀝血之作，竟然還被罵。」

「老師也覺得，這個研究很有意思，對吧？」我這麼一質問，中山老師綻放笑容，然後點頭說：「當然啊。這個，超有趣的耶。相關調查很了不起，圖也很會畫，是最棒的吧。」

11. 日文漢字「京樹」與「教授」的發音皆為「Kyoju（きょうじゅ）」故有此言。

我稍微鬆了口氣。
「啊，對了，講義要幫忙轉交喔。」中山老師這時候才彷彿想起來地說。
「別忘了喔。」
「靖的家嘛，當然啦。」我早忘了，好險。
「老師，靖為什麼要請假啊？」倫彥問。
「肚子痛。」老師簡短回答。
喔～我這麼出聲，身旁的倫彥說了：「那是真的嗎？」你這是什麼意思，我望向他的臉。
「不是啊，裝病的時候都會想用『肚子痛』這個理由嘛。」
「我希望你對全國，真的肚子痛的人道歉。」我這麼一說，倫彥隨即低頭說：「像這樣主觀認定，抱歉。」中山老師笑了。
走出校舍出入口時，才發現忘記跟老師說：「請不要因為這件事情，責罵『教授』。」
「對了，靖的爸爸很年輕喔。」倫彥是在回家路上這麼說的。
「欸，是喔。」我有些驚訝。靖他們家，不是從幼稚園就沒有爸爸了嗎？我還有印象，靖滿久之前就自己說過：「我們家，沒有爸爸喔，離婚了。」我從此也才瞭解「離婚」的意思。

「大概是在兩年前喔。靖的媽媽，聽說再婚了。」

喔，嗯～我也不是說特別關心這種事情，說出口的變成散漫的隨聲附和。兩年前跟靖不同班，所以也沒聽說這消息吧。

「新爸爸到家裡來，會是什麼感覺啊？」

「如果是年輕爸爸，可能感覺像兄弟吧。靖是獨生子，就像有了哥哥一樣。」

靖的家是獨棟房子，門邊有個對講機。因為是舊型機器，所以沒有攝影機。最後一次來玩是什麼時候的事啦。我望著門牌，回溯記憶。

我想起來了，是靖買最新電玩遊戲主機那時候。當時班上其他人都還沒有，所以同學成群結隊、吵吵鬧鬧蜂擁而來。就連平常跟靖感情沒那麼好的幾張面孔也出現了，一群人把主人靖扔在一旁，互相爭奪控制器，粗魯地邊玩邊喧鬧。我覺得大家未免也過於自由奔放了，望向靖的臉，果然表情有些困擾，不過好像又說不出「不要這樣啦」或「快住手啦」，讓我感覺很對不起他。或許就是從那個時候之後，我就沒再去靖的家玩了。

一按門鈴，感覺家中響起鈴聲。過了一會兒，聽見一個男聲說：「你好。」

倫彥告訴對方，我們把學校講義拿來了。

「啊，好、好。」對方回答。

我們望向彼此的臉。是他爸爸嗎？平日下午在家，真是意外。

不久後，玄關大門開啟，頭髮染得有些褐色的年輕男人走出來。他穿著涼鞋，啪答啪答地一走近，就說：「不好意思，還麻煩你們特地跑一趟耶。謝謝。那個，是什麼同學跟什麼同學？」

我們報出姓氏後，他點頭說：「是嘛、是嘛。」

我說著：「那個，這個……」把從書包拿出來的講義交給他。

靖的爸爸接過的同時，瞄了眼講義，然後就折起來放進口袋。唯獨在那片刻，我不安地心想「會不會好好看啊」、「會不會交給靖啊」。

「靖的肚子痛，感覺怎麼樣啊？」我這麼問也沒有太深的意圖，只是想確認一下。

「正在睡呢。已經好得差不多了，我想，下週開始應該就能上學了。」靖的爸爸他，視線迴避著我們。甚至讓人覺得，所謂的「視線游移」就是這樣啊。

那，謝謝你們，就在他說著要進屋時，我又出聲：「那個……」

「怎麼了？」回頭的他，表情有些僵硬。自己好像有點怕了。

「那個，可以去看看靖嗎？」說完，簡直就像訴求說「想看他一眼」的少女，感覺不好意思了起來。

「不，這有點……家裡很亂，不方便耶。」靖的爸爸說完，就像一把甩開我們視線形成的線，轉身背對我們回到屋裡。

★

周遭頓時安靜下來，這麼一來，才察覺剛剛很吵。因為在隔壁和室掃除的媽媽，關掉了吸塵器電源。

媽媽一邊整理軟管部分，一邊來到我所在的餐廳，隨即伸個懶腰，然後說：「雖然十分簡略，但是以上就是本人的掃除工作。」對我輕點個頭。

她老是這樣，這話也不是特別想對我說的吧。看來也不像是需要特別說出口的馬虎掃除，身為媽媽，像這樣說出來能讓心情變得輕鬆吧。這方面，我就不太清楚了。

接下來，她開始忙碌來回於洗衣機附近還有二樓陽台。

不久後，她在盯著平板的我的對面椅子坐下。

「不是啊，」她說。「我為了這個家一直忙東忙西的，謙介卻一直坐著打電動耶。這世界還真不公平呢。現在好不容易才能坐下。這個坐下對於人類而言，就只是一般的就座，對於我而言呢……」

媽媽的說話特徵就像這樣，拖泥帶水的不著邊際。或許是受她影響吧，不論是我或姊姊從以前開始就是這樣，明明是小孩，用字遣詞卻很有大人的感覺，有人覺得有趣，也有人討厭。

「這個，不能想想辦法嗎？」姊姊將筷子伸向桌上的薑汁燒肉，另一隻手同時操作遙控器，然後跑去按電視本體的按鍵，確認按了還是沒畫面後，又回到餐桌來。「完全沒畫面啊。今天有我想看的節目耶。」

「可能太舊了啦，下次跟爸爸說，買新的吧。」媽媽說。

去年開始被派到大阪工作的爸爸，並不會逐一干涉家裡必需品的採買，只是媽媽自己好像覺得，還是必須跟他商量。

「爸爸他，在買電器產品的時候，會調查得很詳細耶。感覺都要寫出各種產品的優缺點了。那樣，不會很麻煩嗎？」

「他就是喜歡調查那方面的資訊啊。」媽媽的口氣，似乎褒貶參半。

「啊，現在沒辦法看電視正好呢。爸爸傳了電郵，要我們看看這個耶。」媽媽因此把平板放在桌上。家裡也有準備讓平板立起來的支架，全家有時候會一起看影片。

「爸爸還真閒耶。」姊姊一臉驚愕。

爸爸只要是自己喜歡的，或看了覺得愉快的，就會想跟家人分享。像是電影名作、在網路上看到的有趣影片，內容包含形形色色各領域，只要我跟姊姊的反應好，就會很單純地覺得開心，要是意見不一致，看來就會很落寞。

「好像是成為討論話題的影片喔，可能是外國記實節目的錄影吧。」媽媽好像也還沒看過。

就算是饒富趣味的影片，被爸爸逼著強制觀看，心情會很差吧。姊姊看來一副嫌麻煩的樣子，我卻滿期待的。爸爸發現的影片，有很多都很有意思。

畫面出現一個身軀龐大的圓臉女性，好像是音樂劇的選拔場景。所有評審起初都以不抱期待的神情望著女性，然而就在她開口歌唱的瞬間，所有人都被那強而有力的美麗天籟所震懾，個個目瞪口呆。

以前好像也在電視上看過類似的事情，遭受輕視的人逆轉外界評價的瞬間，實在大快人心。

停止影片播放後，媽媽說著：「還是這種的好呢。」滿足點頭。

「的確。」我也點頭。媽媽很喜歡被認定「你這種人反正成不了什麼大事」的人，後來成功逆轉的故事。
「可是……」姊姊一邊攪拌納豆。「結果就只是會唱歌而已啊。」媽媽皺眉。「而已，那什麼話，什麼而已啊。她唱歌，很厲害吧。不是很感動嗎？」
「因為漫畫或連續劇也是啊，最後才知道，這個人其實運動很行！或是，父母是名人！或是，樂器超級拿手！總是有什麼獨到之處，然後成功逆轉的那種類型很多吧。多數的普通人呢，是沒有那些東西的啦。」
「或許耶。」我也點頭。
「人呢，大半都是平凡人，還是沒辦法翻轉的啦。」
眼前浮現人在大阪的爸爸，流露寂寥神情。
「嗯，也算有道理啦。」媽媽也承認。
「是吧，所以啦，得好好想想。」
「想什麼？」
「就算沒有那些特別的東西，也能讓大家認同的方法。」姊姊將納豆淋在碗裡的白飯上。

「那隨便都有啊。」媽媽立刻回答。「讓大家刮目相看的方法。」

「哪種方法？」

「像是，對了，『那傢伙是遵守諾言的人』之類的。」

「什麼東西啊？」我反問。什麼意思？

「像遵守諾言啦，被人信任啦，認真的男生啦，這些都不是特殊能力吧。」

遵守諾言的男生，我自己在內心像旁白似地說，總覺得難以領會。「有夠樸素的。」

「樸素不是也很好嗎？最後，還是老實又遵守諾言的人會贏。」

什麼誰輸誰贏的啊。「是嗎？」我頭一歪。「那樣很弱吧。」

怎麼會……媽媽話才剛出口，「唉，不過應該也會很常吃虧吧。」結果卻以一副好像自己總因為老實而吃虧的口吻這麼說。

「是不是。」姊姊洋洋得意。

「可是，會幸福的喔。」媽媽不放棄地繼續說。

「怎麼說？」

「因為就算不特別，也能幸福生活的啊。應該說，不特別才能幸福，不是嗎？」

聽她這樣毫無根據、模糊不清地極力主張，我也不知道該怎麼回應。雖然不是說非常，但是我無法接受「無才比較能幸福的說法」。也讓人有種「敗犬遠吠」的印象。

「說服力零。」

「還有，好好道歉，之類的也很重要吧。做了壞事就道歉，這出乎意料之外地就是做不到耶。像華盛頓總統也是，就是因為坦承自己砍了櫻桃樹，所以才會被稱讚的。」

「媽媽，很喜歡那個故事耶。」

「誠實的人被稱讚，很棒吧。我小時候好想當華盛頓，甚至還想要一把斧頭呢。」說得一副好像斧頭能發揮變身腰帶的功能一樣。

我已經不再關心媽媽這話到底有幾分認真，開始操作平板，找找看有沒有其他什麼有趣的影片。

媽媽則開始收拾空碗盤。

「媽媽她，真的常會強力主張一些不知道意義何在的事情耶。」

媽媽去洗澡的時候，姊姊感嘆道。

我也有同感，所以回答：「是吧。」

「只要提到霸凌問題，也會熱血沸騰。」

「對啊。」

「媽媽她，以前是不是有被霸凌過啊？」

姊姊並非別有深意，只是這麼脫口而出。但是我從來沒有這麼想過，所以聲音高亢地「欸」一聲反問。腦子就是無法勾勒出，假設媽媽在小學或國中那時候被霸凌的樣子。只是，可能性並不是零。

「看一些跟自己完全沒關係的新聞也會生氣。話說回來，我說過我小學那時候，媽媽在學校裡突然就開始演講的事情嗎？」姊姊用筷子，一顆一顆夾納豆。到底得花多少時間，才能全部吃完呢？那是甚至讓人感受到這種恐懼的吃法。

「在學校突然演講？什麼東西？」

「是我大概五年級那時候吧。正好那一天公司休假或什麼的，媽媽就在練毛筆字的時間過來幫忙。」

據說就在大家磨完墨，面對半紙[12]開始練字時，本來應該站在後面的媽媽，突

12. 日本練習書法用的和紙，尺寸多半為寬二十四到二十六公分，長三十二到三十五公分。

然跑到教室前面說：「老師，請給我一點時間。」

導師當然覺得莫名其妙，然後好像也沒獲得「好啊」的允許，媽媽就站上講台，說著：「大家，請聽一下這邊。」開了頭。

大家也納悶著發生了什麼事，自然看向我。那種「妳媽媽怎麼了？」的感覺。糟糕透頂了。

姊姊嘴巴是這麼說，不過或許是因為事發多年，話裡參雜的怒氣不像用字遣詞那麼強烈。

媽媽接著開始說。

大家，先把毛筆放下，聽這邊一下喔。唔，這班上有什麼人正在被霸凌嗎？

「什麼東西？」我望向姊姊的臉。

「我那時候是沒有發現啦。不過，當時好像有霸凌的情況，班上女生之間。」

「為什麼姊姊沒有發現，媽媽卻發現了呢？」

「我是後來才聽說的，媽媽說她在練字的時候親眼看到了。班上的女生在半紙上寫壞話，然後給其他女生看。」

「用毛筆寫壞話？」

「嗯，就是寫出會傷害別人的內容，給那個女生看，用毛筆不是立刻就可以塗掉了嗎。」

「好陰險喔。」

「所以媽媽才會生氣的啊。她就最討厭這種事了。」

姊姊的話格外有臨場感，感覺好像歷歷在目。能在腦袋裡真實重現當時情景。

有人，現在正在被霸凌嗎？就算媽媽這麼問，當然也不會有人舉手。

相反地，恐怕疑似是加害者—霸凌那方的女生，像在揶揄媽媽似地出聲說：「突然說這什麼奇怪的話啊。」

媽媽毫不介意，繼續說：「那，有人是瞧不起什麼人，去找那個人麻煩嗎？」這次，當然也沒有任何人舉手。

「大家，難道都不知道華盛頓的故事嗎？美國首任總統喬治．華盛頓。故事是說他小時候，用斧頭砍倒了爸爸的寶貝櫻桃樹，結果很誠實說出『是我做的』，那樣的誠實獲得了讚揚。有這個故事吧？簡單來說，『誠實』是有效的喔。」

就算這麼說，當然沒有人因此就舉手說：「是我做的！」媽媽也沒有特別為此感到消沉，繼續說：「瞧不起什麼人，霸凌對方這種事情，真的還是別再繼續做下去比較好喔。」

在鴉雀無聲的班上，只能聽見媽媽像在對親近友人娓娓道來的聲音。

「啊，這也不是說因為那孩子很可憐啊，大家和樂融融相處是件美事啊，並不是這樣的。人呢，其實是有看到別人困擾，就會忍不住開心的那一面喔。像是，跟自己沒關係的地方一塞車，心裡雖然想著『好慘哪』，有時候同時也會有種優越感吧？大家不開車，所以不瞭解這種感覺吧。總之，去找別人麻煩或讓別人難受，這並不是什麼特別的事情喔。因為一旦自己陷入煩惱，也會想把別人一起拖下水，看人家陷入煩惱也會開心。只是相反地，單純以這種理由，就去霸凌或幹嘛的，把人家的人生毀掉，不覺得也很笨嗎？」

「那是，什麼意思？」有任何人這麼問也不足為奇。

「要是我被霸凌的話，絕對不會忘記霸凌我的那個人喔。然後，我想等到那個孩子長大成人成功了，就會蓄勢待發，公布這件事情。會出來說，那個人在我小學那時候，霸凌過我喔。為了做到這件事，那個人會好好記住自己所遭受的一切，然後用有效的方式傳達出整件事情。那個人越成功，所造成的殺傷力就越大吧。就算不是這樣好了，那孩子如果交了男女朋友，或許就會不經意地告訴另一半。『那個人在我小學那時候，曾那樣找過我麻煩，是個找麻煩的點子王喔。很厲害吧』，像這樣說。」

「你們要是霸凌別人，至少要阻止人家過得幸福喔」，這是我家老媽常掛在嘴上的話。

「人生呢，真的是超級辛苦的。就算是大人，也不知道正確答案是什麼，想要普普通通生活下去，難度就已經超高的喔。那可不像電玩裡面的簡單模式喔。都已經夠難了，再去瞧不起別人、霸凌別人的傢伙，光是這樣，人生的難度是會進一步提升的喔。畢竟，將來不知道什麼時候會被揭穿啊。到底為什麼要自己歡天喜地地去提升難度啊。如果說有自信成為滿有分量的權力人士，那還另當別論，我們都不知道將來會在哪裡跟什麼人，以什麼樣的立場相遇吧。也可能是將來結婚對象的熟人。說不定長大成人之後，受傷很嚴重，被抬進去的急救醫院主治醫師，就是自己以前霸凌過的對象，那要怎麼辦？你們不怕嗎？」

受傷的人一看到穿著醫師袍的醫師，立刻察覺「是那個傢伙」。另一方面，醫師也知道這傢伙是誰。醫師無法抑止湧現的笑意，「你可以放心喔。不論對方是誰，拯救人命是醫師的使命。」他雖然這麼說，但是越說越讓人忍不住胡亂臆測話裡隱藏的訊息。事到如今，男人終於道歉說：「那時候霸凌你，對不起。」但是醫師卻別有深意地點頭微笑說：「我就是為了這個，才會當醫師的喔。」

據說，媽媽說了這樣的例子。

「要是認為霸凌者與被霸凌者，將來不太可能遇得到，那可就大錯特錯囉。現在這時代，只要有心想找人在哪裡，再怎麼樣都有辦法找到的，而且想用網路發布訊息之類的，途徑多得是。把人家當笨蛋耍的人，將來自己成功的時候，過往就會全部被攤在陽光下的喔。」

媽媽所說的很粗率，也沒辦法以理服人，不過我想她希望用這些話，幫班上孩子建立相關意識。要是有人在霸凌，就好好記住那傢伙。就算現在很難受，總有一天也應該能反擊的。假設，自己現在正在霸凌某人，其他所有人都會記住的喔。將來，當自己抓住成功或幸福時，過去的言行舉止或許會反撲的。不，絕對會這樣的。她是想讓這些觀念根植於孩子心中吧。事實上，未來的事情誰也說不準。可能會這樣，但是也可能不會這樣。

「那後來，怎麼樣了？」我問姊姊，她仍然在用筷子一圈一圈纏繞納豆的牽絲。

「全班都覺得掃興，老師也很困擾，然後大家又開始寫起毛筆了。」

「不是那個，是霸凌。」

「啊～後來怎麼樣了呢？我是不覺得媽媽的話有產生效果啦，只是，後來都沒發生過什麼太嚴重的事情。應該說，其實我被霸凌也不奇怪吧。人家會覺得，妳媽說那些什麼自以為了不起的東西。」

我這時候想起的是，爸爸之前說過的「爸爸們也都是在嘗試錯誤中學習呢」。「養兒育女也是人生頭一次，老是不清楚什麼是正確答案，真的好難喔。只是，爸爸至少是這麼打算的，以前不喜歡父母對自己說什麼或做什麼，現在就不要去做。所以等到謙介也當爸爸的時候，也要模仿爸爸們做得好的部分，不行的部分就別做喔。那麼一來，想想看，是不是就能慢慢接近完美的形式啦？」

沒那麼簡單吧，雖然內心這麼想，但是我感覺想回答：「嗯，懂了。」就只有離完美形式還有漫漫長路這部分，我是懂了。

★

「我，想起來了耶。」為了在路口等紅綠燈，把腳踏車停下的倫彥說。

週六白天，倫彥突然跑來約我說「想去圖書館」，所以跟他一起出門。現在兩人正在回家路上。

倫彥雖然是個棒球少年，卻喜歡閱讀，童書當然就不用說了，另外也借了好幾本大人看的小說。而我借的呢，全是像「全球動盪不安事件」、「黑魔術大全」、「詛咒你的十個方法」這種怪異書名，一背上塞滿書的背包，就被倫彥笑說：「背部好像會被詛咒。」

「你說想起來，是想起來什麼？」

「靖他們家的爸爸，是後來來的爸爸吧？」

後來來的，這樣的說明有點奇妙，不過「沒有血緣關係」的表達也很粗魯，倫彥或許自己也思考過要怎麼說吧。

「對啊。」

「不久之前電視上，報過虐待的新聞耶。爸爸毆打或踹小孩。說是要管教，卻做出很過分的事情。」

「感覺會有這種事耶。」

「那個時候，怎麼說，電視裡解說的人？還是叫評論員？是這樣說的喔。說有很多繼父虐待的案件喔。」

我從來沒有聽說過這種事情，當下立刻回答：「唉，像這樣主觀認定也很恐怖就是了。」或許是因為，媽媽常說「主觀認定事物是很恐怖的」。

話雖如此，可能要怪倫彥那不安的口吻，擔心的情緒開始膨脹，讓我胸口感覺悶悶的。因為，前幾天跟靖的爸爸見面時，那種哪裡不對勁的感覺還殘留心底。

其實……我們在下個路口又被紅燈攔住，停下來時，倫彥這麼說：「之前在學校，靖的體育服碰巧翻起來。」

「怎麼了嗎？」

「他身上有瘀青耶。藍藍的，還滿大一片的。」

「那是什麼啊？」

「我也不知道啊。」他說著，然後脫口而出：「靖，要不要緊啊？」

紅綠燈轉綠，我們踩下踏板。

然後，一旦在一個小十字路口停下後，就變成在討論「怎麼辦」、「該怎麼辦才好」了。

「到底有沒有被虐待，就只能問靖了吧。我們現在就去靖他們家吧。」

「欸！」我有些猶豫。現在就去？「可是，要是爸爸也在家的話，靖也會很害怕，搞不好沒辦法說實話啊。」

「那也有可能耶。」

不論是我還是倫彥，對於「虐待」到底是怎麼一回事，都無法描繪出具體意象。內心竟然還萌生被鎖在房間裡的想像，「如果可以偷看到靖的房間，」一回神，話已經說出了口。「說不定可以找到什麼證據。」

「他的房間，在二樓呢。」

「如果說，爬上圍牆或附近電線杆呢？」

「會有人報警吧。」

唔～我們繼續絞盡腦汁。過了一會兒，「啊，對了。」我說著，還真想好好誇讚靈光一閃的自己。

★

挺起上半身的「教授」，轉向後方。我彷彿在祈禱的身體，頓時鬆懈。

「怎麼了？」一旁的倫彥，也擔心地出聲。

「被這樣盯著看，會緊張啦。」

「教授」還是老樣子面無表情，實在很想說「你到底是哪裡緊張了」。

「不過，都已經是最後的機會了耶。」由於店內的音樂很吵，倫彥也比平常更提高音量。

「你們怎麼不多帶一點錢來呢?」因為「教授」用毫無抑揚頓挫的口吻這麼說,聽起來也像在責備我們。

「『教授』,你自己一毛錢都不用出耶,還敢說。」

「我自己的錢,全都在銀行裡啊。還先跟父母借錢。手上有的,就這樣了啦。」

我跟倫彥上個月剩下的零用錢湊一湊,總共一千圓。

「我只是被謙介你們拜託而已,沒義務出錢喔。」

「知道啦。只是『教授』你,也在乎靖的事情吧。」

「也沒到在乎的地步就是了。」

「別這麼說嘛。」

我們需要你的力量,倫彥大概是三十分鐘前到「教授」家拜託他的。

「需要力量?我的?什麼東西?」「教授」繃著一張臉反問。

夾娃娃機一百圓可以夾一次。有機種是投五百圓,就加送一次,總共能夾六次,所以我們毫不猶豫首先投了五百圓。

「教授」專注凝視鎖定獎品的位置,從機台四面八方窺探似地仔細確認後,以一副要說出「好,要動手了」的樣子,操作機器。第一次,說是為了確認機器設定狀態，從正前方去夾。當然，夾不到。「原來如此啊。」「教授」說著，接著挑戰第二次、第三次。他也真是了不起，箱子被移動到了很可惜的位置。只是，還沒辦法夾到掉落口那邊，六次一眨眼就結束了。

看我們提心吊膽的，說出「下一回合的六次會夾到的」的「教授」，感覺好可靠。

想確認暑假自由研究的成果。「教授」自己，這種心情還比較強烈吧。他是研究者，而我們是提供資金的人，是叫做贊助者嗎？彼此是這種關係嗎？我也這麼心想。

剩下的六次裡，前三次據「教授」所說，好像成功讓獎品「完全根據預期」移動了。他用夾子像在摩擦大箱子一角，慢慢讓箱子傾斜、移動。

「現在要壓這個邊角，讓箱子掉下來。」

「教授」這麼說明後，第四次操作，結果希望落空。甚至就連第五次，夾子碰到的箱子部位並不理想吧，沒能如預期壓到箱子，最後也沒辦法成功。

所以說，現在是最後一次，「教授」才會對我們說：「被這樣盯著看，會緊張啦。」

也只能相信「教授」了。我跟倫彥在後面，還是忍不住雙手合十，衷心祈禱。「拜託囉、『教授』」，「拜託囉、自由研究」。

可以看到「教授」操控搖桿的手。周遭流洩著輕快的音樂，彷彿在嘲笑我們的緊張，夾子在音樂中移動。

位置決定的操作完成後，剩下的就只能看著機器手臂下降，去壓獎品了。

屏息以待，真的就是在說現在。我的心跳加速，感覺似乎與電子遊戲場內流動的音樂節奏相互應和。

夾子前端壓住箱子一角。

應該會像「教授」計畫的那樣。箱子傾斜，看起來下一步就是隨著重力落下了。

所以，瞄準的箱子稍微碰到旁邊的獎品，導致角度改變，除了運氣不好，也沒有其他解釋了吧。

箱子就差那麼一點點，正好卡在掉落口上方橫桿，彷彿千鈞一髮之際免於從懸崖墜落的間諜電影主角，最終還是撐住了沒有落下。

欸！「教授」雙眼圓睜。啊，我跟倫彥目瞪口呆。

「真的假的啦。」過了一會兒，倫彥靠近夾娃娃機，開始從外側用拳頭搥。

的確，箱子就是斜斜卡在一個甚至讓人覺得「給個強烈刺激，會不會就掉下來」的扼腕位置。

「教授」茫然站在原地，但是過沒多久，還是接近夾娃娃機，隔著玻璃望著獎品。「啊～只要能再玩一次，一壓就拿得到的說。」

我馬上把手伸進口袋。內心期待著只要再一百圓，如果哪裡有的話。倫彥也做出相同動作。

都說過「我家沒有多餘閒錢」的「教授」，可能懷抱著拚了命想抓住最後一根救命稻草的心情，翻找自己褲子口袋，然後移動到零錢兌換機那邊，蹲下去。他是在檢查有沒有硬幣掉在那裡。

我們在自動販賣機那邊分散開來，手指伸進退幣口，確認有沒有被忘記拿走的硬幣。

三人後來回到原本的地方，全都無言以對，紛紛搖頭。實在是無計可施了，明明都已經努力到這一步了啊。倫彥感覺依依不捨，又或是滿懷怨恨地望著夾娃娃機的獎品。我的視線，應該也散發類似的熱度。

我們也就是在這個時候，發現掉在地上的硬幣的。就在我不經意望向腳邊時，發現就在用槍打倒活屍的遊戲機台旁，有個銀色的百圓硬幣，我反射性去撿起來。

倫彥也雙眼閃閃發光，盯著我抓在手裡的百圓硬幣。

這是老天爺的恩賜啊！我好興奮。這樣就能再玩一次了，就在我準備回去時，一個盯著我們的店員身影印入眼簾。

對方滿有寬度的，體型像個皮球。他離我們幾公尺，抱著夾娃娃機的補充獎品。

我剛剛撿錢，說不定被他看到了。有沒有看到呢？倫彥好像也在意店員的身影，用視線在跟我商量。

沒辦法了，我沒怎麼煩惱就走近店員。「不好意思，這個，是掉在那裡的。」或許是媽媽常說的「華盛頓總統的櫻桃樹故事」還留在腦海裡，也或許是昨天那句「最後，是老實又遵守諾言的人會贏」在心裡閃現。總之，我此時的判斷是「誠實行動比較好」。

「欸，什麼？」店員嫌麻煩似地頭一歪。口袋上的名牌寫著「太田」。

「這個一百圓，掉在那裡了。」

「啊，是喔。」店員接了過去。他剛剛好像沒注意我們，坦承以對卻失敗了，後悔之情從胸口滲出。「你們幾個，剛剛超認真地在玩夾娃娃機耶，不繼續挑戰了嗎？」

「啊，錢已經……」

店員笑了。畢竟是小朋友，沒什麼資金能力呢！我們感覺好像有點被人看不起，所以不太高興。這跟你又沒關係，說著正想離開時。

「那，這個給你們。最後一次，再挑戰看看。」他遞出我才剛交給他的百圓硬幣。

欸？我抬頭看著店員，然後瞥了倫彥與「教授」一眼。他們的視線也與我的視線交纏。這個店員，是在說什麼啊？

「這是，掉在那裡的錢。」

「你們本來可以默默占為己有的，卻很老實把錢交給我了吧。誠實是好事，而且有人教過我，有機會的時候得讓年輕人欠人情。」店員晃動著肚子笑了。某某人這麼說過喔，他好像很懷念地繼續說，不過我們不知道那個某某人是誰。

「砍櫻桃樹的華盛頓。」我不自覺脫口而出。

店員的臉龐頓時亮了起來。「啊，你們知道華盛頓總統的故事嗎？我是最近才知道的，真的就是這個呢。用斧頭砍倒櫻桃樹。」

「誠實去說『是我做的』，對吧。」我回答。

「對、對，自導自演。」

「這跟自導自演又不一樣啊。」我忍不住這麼說。

「總之呢，就是說誠實比櫻桃樹有價值多了。」

「可是，那並不是真實故事，對吧。」這麼淡淡插嘴的是「教授」。「聽說，那是後來被加進自傳裡的創作喔。」

是這樣的嗎？我很驚訝，店員似乎也大受衝擊。「創作？不可能吧。」

「因為，當時的美國好像還沒有櫻桃樹啊。」

「什麼東西啊。啊，既然如此，你們知道那個嗎？」店員嘟著嘴，好像一個不服輸的孩子。「華盛頓小時候，用斧頭砍斷了櫻桃樹，為什麼後來沒有被爸爸責罵呢？」突然變成像在出謎題的口吻。「為什麼沒有被責罵呢！」

因為誠實去說了啊，在我說出解答之前，「教授」說：「是因為手裡還拿著斧頭吧。這是超有名的黑色笑話喔。」

「什麼東西？」

「要是罵下去，可能會被斧頭怎麼樣啊。所以他爸爸也嚇得半死，只好原諒他了。這個笑話，隨便哪裡都很常聽到呢。」

店員說得洋洋得意，反倒顯露他的不甘心，表情感覺咬牙切齒的。大概多少都想讓自己處於優勢吧，他說：「唉，好了，總之用這一百圓再去挑戰一次吧。」

「可是，這是人家掉的錢耶。」

「我知道了，那這個由我先保管，你們用我口袋裡的一百圓。」說著拿出另一個一百圓。

再繼續東拉西扯的也很麻煩，而且也害怕要是不收下，店員情緒會益發高漲。倫彥大概也有相同預感吧，說著：「謝謝您，那就收下您的好意了。」接過那枚百圓硬幣。

「希望你們奮戰到底。將來，如果成功做到什麼的時候，要說『多虧電子遊戲場的大哥哥』喔。」店員心滿意足地點頭，之後很明顯的是自言自語地低喃：「真沒想到，那是虛構的故事。」

我們帶著「教授」回到夾娃娃機。

我們小心翼翼地將那枚用「誠實」換來的百圓硬幣，投入夾娃娃機。然後用拜拜的樣子，祈禱。

「教授」剛剛脫口而出的「只要能再夾一次」，並不是藉口。他用剛獲得的一百圓，漂亮地贏得獎品。

一台小型無人機。

★

如果是無人機，就算是二樓房間，也能偷看到靖的房間裡面了，不是嗎。

從圖書館回家的路上，我靈光一閃想到的，就是這個點子。最近還有附設影機的機種，所以想說用這種東西怎麼樣呢。

「可是，你說的無人機怎麼樣才能到手啊？」被倫彥這麼一說，我也沒辦法回答。

就算知道販賣的店家，那東西很貴也沒這麼容易下手買吧。

「我覺得這是個好點子，但是沒有意義。」

當我這麼一承認，倫彥瞪大眼睛說：「不，說不定有可能喔。」

「什麼意思？」

「如果沒記錯的話，車站附近的電子遊戲場夾娃娃機裡，就放著小型無人機當獎品。」

「太好了。」我看著「教授」抱的箱子，忍不住微笑。雖然是多虧「教授」的研究還有技術，才能獲得無人機，但是內心充滿「作戰成功！」的成就感。

接下來才重要喔，倫彥說。他說得沒錯。

接下來要做的是，無人機操控練習。我們騎著腳踏車到河濱公園，在那裡開箱，然後花一會兒工夫閱讀說明書。這台無人機是用無線連結的智慧手機操控的機型，倫彥帶智慧手機來，幫了我們一個大忙。完成與智慧手機的連結，準備東準備西的之後，就輪流練習。

起初只要讓無人機稍微懸浮起來，就會興奮叫說「好耶、好耶」，但是想讓無人機移動到目標方向，又或爬升到期望高度的難度很高，墜落了好幾次。

遠端操控無人機玩很好玩。內建攝影機傳送到手機的影像也很新鮮，三個人就是一股腦地讓無人機飛上去、墜落，飛上去、墜落。

要是倫彥沒說出「得在無人機壞掉之前，先去靖他們家才行」，我們會就這麼玩到傍晚，然後說完「今天真開心呢」就打道回府了吧。

於是乎，我們懷抱著「正式上場」的心情，騎腳踏車到靖他們家。我們根據河濱公園的練習狀況，得知最會操縱無人機的人是「教授」，所以委託他負責作戰行動。

我們將無人機放在路上，「教授」同時拿好手機。

「離我們很近的那邊，應該就是靖的房間。」倫彥用手指。

「窗簾是拉上的。」「教授」指出這點，不過那是蕾絲窗簾，多少都能看到一點吧，我們都這麼期待。

好了，那就試試看囉。「教授」還是老樣子面無表情，但是感覺上也有那麼一點點僵硬。就算是他，還是會緊張的。他拿著手機操作，沒多久傳出螺旋槳旋轉，還滿吵的聲響，然後無人機就唰地升空。

那時候，浮現在我腦海的是，隔著窗簾所見被爸爸毆打的靖的身影。又或身體被踹出瘀青的靖。

「教授」拿手地操控無人機，就算過程中上上下下，還是成功讓無人機停在靖位於二樓，房間窗戶的高度。

「在這裡，要將攝影機轉到前側。」倫彥從後方窺探「教授」拿在手裡的手機，一邊下達指示。

「教授」以專注的神情，目不轉睛地盯著畫面。

室內是什麼情況啊，我也繞到「教授」身後，伸長脖子想要掌握手機畫面。

畫面出現蕾絲窗簾。

「是靖。他在裡面！」倫彥稍微提高音量。那說法好像是有什麼新發現一樣，那本來就是靖的房間，應該也不值得大驚小怪的，不過連我都沉浸在「發現！」的興奮情緒中。

窗戶「喀啦」一聲被打開。

掀開窗簾的靖探出頭來，俯視站在路上的我們。

「咦，大家在那裡做什麼啊？」而且不是正以悠哉的聲音這麼說嗎？

就算是「教授」，也被嚇了一跳，一回神，無人機已經朝地面墜落。是螺旋槳停止旋轉了嗎？我突然覺得，自己能毫髮無傷地接住它，運氣還真好。

從二樓眺望這邊，雙眼閃閃發亮說著：「等一下，我過去那邊喔。」的靖身邊，也能看到他那位褐色頭髮的爸爸身影。

★

從家裡出來的靖，興味盎然地望著我抱著的無人機。

「這個竟然能用夾娃娃機夾到，還真是豪華。」他感嘆道。

靖的爸爸也從他背後現身。我感覺自己背部，因為驚覺「不妙」而冒出冷汗。

為什麼要飛到我們家前面來呢？靖問出這個理所當然的問題。

沒什麼啦，我跟倫彥只能支吾其詞。「就說不上來。」

「什麼叫做『說不上來』啊。去更寬敞的地方飛不是更好嗎？」

會耿耿於懷，也是情裡之中。

該怎麼說明，才能順利糊弄過去呢？我的腦袋拚命運轉著。

結果，「教授」竟然乾脆地揭露真相說：「謙介跟倫彥，好像是懷疑靖在家裡被虐待喔。」我聞言，大吃一驚。

背叛者！很想這麼怒罵。

他是覺得「跟自己沒關係」嗎？儘管跟我們同在現場，就像外人密告間諜活動一樣。

「欸，虐待？」靖呆若木雞。「誰？」他彷彿在擔心，是哪個路人遭受虐待。

「啊，不是啦。」

靖望向爸爸。過了一會兒，感覺好像終於理解話裡含義，「噗哧」一聲笑出來。

他爸爸也以完全沒料到的神情說：「我嗎？虐待靖？」過一下子，雖然困惑仍然浮現笑容。

「怎麼會這樣想啊？」靖問。

是為什麼去了？倫彥望向我。

是為什麼啊，我也沒辦法甩鍋給其他人，回溯著記憶。「因為昨天來的時候，靖的爸爸感覺怪怪的。」

「欸？怪怪的？」靖的爸爸指向自己，歪著頭。

「好像在隱瞞什麼事情一樣。」雖然和藹可親，卻不太看我們的眼睛。

說到這部分時，靖的爸爸「啊～」的一聲，似乎能夠理解地點點頭。「那是因為靖在家裡還打電動什麼的，意外地很有精神呢。」

「怎麼回事啊？」

靖一臉尷尬地低頭。「暫時，用肚子痛當理由請了假。」

「實際上是蹺了嗎？」倫彥嘲弄似地用食指指向他。「蹺課。」

靖的爸爸守護似地用手擋下那箭一般指向靖的食指。「是我說的啦。因為他說不想上學，我就說，這種時候也可以不用勉強，休息一下的喔。」

「靖，你不想來學校喔？」

「嗯～」靖小聲發出煩惱的聲音。「因為我運動不行，很怕體育課。特別是，現在在打壘球吧。就算防守，也接不到球。」

「真的假的啊，怎麼會在乎這種事情啦。」倫彥雙眼圓睜。

「倫彥很擅長運動，可能不懂吧。」我從旁說道。「要去做做不到的事情，有夠痛苦的耶。像我是個音痴，音樂課就像地獄呢。」

「因為靖從一大早就在煩惱了，我才要他請假的。我也有這種經驗，只要一想到『非去不可』，真的會覺得被逼到走投無路呢。去不了的時候，是可以休息的，只要能這麼想，多少就會輕鬆一點了。」靖的爸爸搔搔頭。「結果，他悠哉地在家打電動的時候，你們就來了，或許是感覺有點內疚，所以我的態度也有點怪吧。」

「什麼嘛，原來是這樣喔。」倫彥嘟囔道，之後又彷彿想起什麼，提高音量說：「啊，瘀青。還有瘀青！」

「瘀青？」

「靖身上有瘀青吧？被我看到囉。」

對了，也說過這個。所以虐待的嫌疑才會升高的。

靖當場翻起身上穿的T恤。腰部隱約可見不知道是藍色還是黑色陰影之類的東西。「你是說這個？」他用手指。

「就是這個啦。」倫彥點頭。

瘀青大概兩處，而且範圍還滿大的，除了不溫和的暴力，還能怎麼想。

「啊～那個呀。的確，看來有像虐待的痕跡呢。」靖的爸爸苦笑。「明明就是努力的結晶。」

「努力的？」

我不明白意思，窺探似地看著靖的身體。

「我不久之前，在練習打壘球啦。想說如果接得到球，會不會就能有自信。」靖害臊地嘀咕。

「我投的球太強了一點。」靖的爸爸神色落寞。

練習是練習了，得到的卻只有瘀青，完全沒有進步的跡象，一方面受到這件事影響，體育課的時間才會變得憂鬱，靖向我們說明。

「什麼嘛，棒球的話，我可以教你啊。」

「欸？真的嗎？」靖的身體比想像中還要前傾地這麼說，倫彥跟著往後仰。

「你以為我不會教你喔。」「不是啦。」

「話說回來，你們竟然想到用無人機攝影，」靖的爸爸露齒而笑。「想法還真有趣呢。」

對不起，我的肩膀縮了起來。「驚動到你們。」

「只不過。」靖的爸爸說。「可別這樣就嚇到囉，這樣說雖然很奇怪就是了，但是如果靖的情況很奇怪，還是希望你們幫忙多留意。別聽我現在這樣說，我搞不好還是有可能虐待靖的吧。我可能是威脅靖，要他守口如瓶。所以你們不要照單全收地完全相信大人，該懷疑的時候還是要懷疑喔。」

「喔～」什麼跟什麼呀。

「不是啦，我可沒有虐待喔。只是，為了以後萬一有這種情況的時候，話先說在前面而已。人是不能貌相的。看起來像好人的人，出乎意料之外地在家很霸道之類的。啊，我是沒問題的喔？只是為求保險起見……」他很努力地這麼說，一望向靖的臉，「怎麼辦？」像個束手無策的孩子嘆息。「越說明，感覺越怪了。」

靖好像很開心地出聲笑了。

「我也想要飛飛看這個。」靖這麼一說出口，我們當然都沒有反對。

「當然，可以試試看啊。」我把無人機放到地上，將完成連結設定的智慧手機交給他。

「感覺是玩真的耶。」靖流露緊張，一邊請「教授」教他操作方法。

靖的爸爸說完：「玩的時候，要小心喔。」就進屋準備晚餐去了。

「是你爸爸做飯喔？」倫彥一問，靖感覺很開心地點頭。「他很會煮喔。媽媽家事完全不行，所以全部由爸爸做，今天也是，趁媽媽在公司上班的時候，我們兩個一起打掃家裡，家裡整理得很乾淨呢，爸爸這方面也很拿手。」

「好好喔。」倫彥率直地脫口而出。

「懷疑這麼好的爸爸，真不好意思。」我說出了真心話。

不，不會啦，你們擔心我，我很高興喔。這麼回應的靖，看起來真像個大人。

「小心，別飛到奇怪的地方去了。」「教授」出聲說。

話才剛說完，無人機彷彿嚷嚷著「您所擔心的，果然成真啦」，一邊朝斜斜的方向上升。

靖一著急，手指好像更移動到了不妙的方向去。那迅猛之勢用雙眼追蹤都已經很勉強了，靖大概也因此情緒波動了吧，導致無人機以超乎預期的速度徹底消失在眼前。無人機飛向房子後方，智慧手機的畫面也變得一片漆黑。

這一切，只是一眨眼的事。

我們一時之間動彈不得。

「不妙耶，飛到哪裡去了。」我也要過好一陣子，才總算能環顧四周。我到處張望天空。「飛到哪裡去了？」「不知道。」「看不到。」

四個人決定分散往不同方向去找。

要是墜落到別人家的占地範圍內，又或撞到人車，可是要出大事的。

糟糕了、糟糕了，有人看到我們的無人機嗎？

我甚至想要這樣大叫，邊廣播邊跑了。

我正好是在開始反省「是不是應該騎腳踏車找」的時候，發現停在十字路口，以藏匿的姿勢眺望道路對面的倫彥。

「倫彥，怎麼樣？找到了嗎？」我這麼一出聲，他嚇了一跳望向我。他沒出聲點點頭，指向前方。到底是在躲什麼呢？

我靠近，以類似倫彥的姿勢往前窺探，只見一個停下小綿羊機車的男人，滿臉狐疑地望著掉在地面上的無人機。

「撞到那個人了嗎？」

「誰知道。」倫彥歪著頭。

「看起來好像在生氣耶。」

「要直接裝沒事走人嗎？」

要放棄好不容易才到手的無人機雖然很可惜，不過好歹也強過被大人罵。

「好啊，」我也同意。「有句話就是說君子明哲保什麼的啊。」

「還有，多一事不如少一事。」

雖然總覺得有點不對，但兩人心情一致，都想直接撤退，去跟「教授」還有靖會合。

只是就在這時候，媽媽的話掠過腦海。「像好好道歉之類的，也很重要吧。做了壞事就道歉，這很意外地就是做不到呢」。

就算沒有特殊才能，想成為老實人，想成為該道歉時就能道歉的人。內心或許也有這樣的想法。逃跑很簡單沒錯，但是這樣好嗎？我質問自己。

一回神，我已經往前邁出腳步。

有個自己，正朝男人走近。「對不起。那是我的。」

砍倒櫻桃樹的人，是我！腦子裡浮現據說誠實道歉後，別說被責罵了，甚至還被誇獎的少年華盛頓，但「教授」所說的那句話也在同時閃現，「那個，並不是真實故事吧」。

★

誠實道歉，應該就會被原諒吧，這麼想的我太天真了。

早知道，應該逃走才對的。後悔的情緒在全身一圈又一圈地循環。因為，那個五十多歲的男人，沒完沒了地一直在對我發脾氣。他也不是說用罵的，就是夾雜著嘆息，囉哩叭嗦地教訓個沒完。

倫彥後來也來了，但是也只能兩人排排站，各自縮著肩膀聽訓。

「這個東西，要是撞到了可是會出大意外的喔。到底在想什麼啊你們？最近的小學生實在是喔。」男人說著，用食指指向我們，那力道之強勁甚至讓人覺得是不是要用食指戳我們了。

「對不起。」我再次低頭認錯。

從滔滔不絕地持續發脾氣的男人話裡聽來，無人機好像並沒有撞上，或差點與機車對撞。

他只是發現無人機掉在路上，一停車，我就來道歉了。簡直就是，飛蛾撲火的狀態。

男人的氣話好像完全沒有結束的跡象，我慢慢開始覺得，他該不會只想藉此發洩壓力而已吧。該不會只是把我們當出氣包而已吧，我想。

我很怕，他會持續下去、不肯罷手。

「你們兩個，真的知道錯了吧。」

「是的」、「對不起」。

「既然如此，就給我下跪磕頭認錯。」男人像是要刺進地面似地用手指指向下方。

「欸？」

「如果覺得錯了，就下跪磕頭認錯。」

為什麼非要做到這種程度不可呢，我很驚訝。倫彥也以大吃一驚的表情，望向我。逼明顯比自己弱小的小學生下跪磕頭，到底哪裡好玩呢。

「喂，就叫你們快點了啊。」他大聲說。

對方很明顯已經失控。只是被對方以強烈口吻這麼要求，我們根本被壓得死死的。

都怪華盛頓啦，都因為誠實，才慘遭橫禍。

華盛頓為什麼沒有被罵呢？

因為他手裡還拿著斧頭。

我想起這個笑話。華盛頓手裡有斧頭，我沒有。該怎麼辦才好？我的腦袋拚命運轉。

在思考之前，我先把背著的背包卸下。可能會被認為是要下跪磕頭的準備，我直接把手伸進背包，迅速拿出兩本書。那是從圖書館借來的。

我刻意讓自己的動作感覺是若無其事的，彷彿在準備護身符一樣，將書舉到腹部附近。讓對方能看到書名是《詛咒你的十種方法》，還有一本是《黑魔法大全》。

男人望向我這邊，看到我很寶貝似地抱著的書。只有在那個瞬間，他「呃」一聲為之語塞，「給我下跪磕頭認錯」的聲音也隨之消停。

你是想恐嚇我嗎？他並沒有這麼對我說。我只是抱著書，讓他能看到書名而已。

就在這個時候，「喂，你們兩個！」耳邊傳來女性粗魯的響亮聲音。

怎麼了？我慌張轉頭，環顧四周，結果我們後方有個氣勢洶洶跑來的女性。是媽媽。

媽媽以不由分說的氣勢衝過來，甚至沒有時機讓我喊「媽媽」，恐怕這也是媽媽原本就計畫好的吧。人好不容易到了我們這邊，「我的車，要怎麼賠我啊！」

同時開始對我們破口大罵。「真的是，你們兩個是哪間學校的什麼人啦？」

然後，媽媽一轉向男人，隨即以口沫橫飛的氣勢說：「你也是被害者嗎？你被這些壞孩子、可怕兒童，傳聞中的無人機少年怎麼了嗎？」她企圖藉由高亢的音量還有氣勢，掩飾拙劣的演技。

「啊，不是……」男人也震懾於媽媽的氣勢，而且自己也不是什麼嚴重的受害者，所以有些吞吞吐吐。「傳聞中的無人機少年」，這形容是哪裡來的啊。

媽媽抓起地上的無人機，自己抱住，然後說著：「好了，我們到那裡去說說賠償的事情啦，」一把拖著我跟倫彥往前走。「要讓你們出修理費喔。」

我在這個時間點，察覺到媽媽的心思。她是想要大吵大鬧，趁男人目瞪口呆時，一邊離開現場吧。話雖如此，這時候如果暴露我們母子的身分，可是會全盤皆輸的。小心別亂講話方為上策。我也對倫彥使眼色，暗示他乖乖配合。

「喂，等等，那些小孩，妳打算怎麼樣啊？」男人問。

「當然是，到那邊去……」媽媽說到這裡，是想不到接下來該說什麼了嗎，就此打住。看媽媽這兇狠的樣子，很有可能說出什麼「到那邊去就地正法」，不過開玩笑開成那樣畢竟不妙。「真是的，怎麼會有這種小孩嘛。」她曖昧地嘆氣，蒙混過去。

「實在是叹，」男人也用力點頭。「真想看看他們父母長什麼樣子呢。」

媽媽的身體驟然抖了一下，然後停下腳步。

她的臉龐轉向男人，「真的耶，想看看父母長什麼樣子呢。」說著誇張地吐大氣。接著，她用彷彿想著崇拜人物的口吻，留下這麼一句話：「想必是非常出色的人物吧。」

那是非常明確、武斷式的說法，男人並不瞭解這話的意義，我們扔下他逕自離開。

一個拐彎，媽媽說著：「好了，快跑。」就往前跑，我們也追在後面。再拐過一個轉角，「教授」跟靖就等在那裡。

據說，媽媽碰巧經過，遇到靖。這裡離我家只隔一個街廓，是來往採買物品時常會經過的區域。靖看到媽媽就說：「其實，剛剛發生了很嚴重的事情。」跟她商量無人機消失的騷動。

媽媽在附近到處找，結果目睹我跟倫彥被男人斥責。

「因為很明顯的，就是個麻煩人物呀。」媽媽說。「無論如何得先逃出來才行」，她這麼思考到最後，浮現腦海的就是這麼一個很勉強的方案。

「嗯，也是啦。」之前從來沒有被父母、認識的人或老師以外的一般大人嚴厲斥責過，自己當時可能比想像中還要恐懼跟緊張吧。頭一次遇到這種大人，沒有因為我們是小孩就手下留情，反而是更有攻擊性地對待我們，大概是從那樣的恐懼解脫後，整個人鬆了一口氣吧，一回神，眼淚已經撲簌撲簌流下來。一看身邊，倫彥也一樣在哭。

涙水接二連三地持續湧現。

啊呦、啊呦，很難熬吧，媽媽對我們出聲說。「當時會害怕嗎？」

我自己也無法說明為什麼要哭，搖著頭。

「謙介，你是因為想好好去道歉吧，很了不起喔。」媽媽這麼對我說，淚水又湧了出來。

華盛頓少年被人家說「你很誠實，很了不起喔」，之後有沒有哭呢，我突然這麼想。那是虛構的故事喔，從某處也可以聽見這樣的聲音。

★

「話說回來，也太慢了。」媽媽感覺也沒有太焦躁，只是在確認時間。

這是家電量販店的電視展示區，家裡電視仍然處於電源無法開啟的狀態，所以最後終於來買了。問到我們鎖定的電視可以有多少折扣時，店員說著：「請稍候。」人就不見了，遲遲沒有回來。

「爸爸不是說，別管預算嗎？」

「是沒錯啦，但是能便宜當然是最好啦。」媽媽眺望整排電視。

對了，靖回到學校了嗎？媽媽想起來，這麼問。

「對啊，有來喔。」發生無人機那件事後，他從隔週開始就沒請假，來上學了。或許是因為跟我們坦承「不擅長壘球」，心情也跟著變輕鬆了吧。放學後有時間的時候，倫彥也會跟他練習投接球，或教他手套的使用方法。

「一百圓有沒有還人家？」她是說之前電子遊戲場的那個店員。我跟她說，「教授」在操作夾娃娃機時，最後的一百圓是店員給的，「說不定是個怪人，還是別欠人家人情比較好喔。」媽媽就這麼提醒。「日後要是被亂說什麼，也很恐怖吧。」

的確，或許是這樣，我這麼想，跟倫彥一起去還一百圓的時候，那個店員已經辭職，找不到人了。

「人都不在那裡了，也沒辦法了吧。」

「爸爸他，有沒有說什麼？對於，無人機那件事。」

「他說，謙介很了不起呢。」
「欸，我有做什麼了不起的事嗎。」
「不知道耶。」
店員回來了。他體型很大，肩寬也夠寬，只是莫名地動作遲緩，看起來很沒精神。感覺也不擅長說話，反而是我開始為他擔心。
「啊，那個。」他這麼輕聲嘀咕後，遞來一張小小的便條紙。上面是手寫的金額。「如果是降到這個價錢左右呢？」
「沒有想像中降得多耶。」媽媽說。她不能唸出金額，或許沒有便宜到能打動她吧。
「其他廠牌的也行，沒有再便宜一點的可以推薦嗎？」
店員說著：「啊，是的。」認真點頭，開始眺望從口袋拿出來的手冊。我偷偷瞥了一眼，上面用小字密密麻麻寫滿好像是商品資訊的內容。可能是自己彙整的吧。我回想起媽媽之前說過的那句話：「最後是老實又遵守諾言的人會贏喔。」
我們稍微走動來到的那區，電視正在播放籃球賽。好像是日本代表隊與強隊國的比賽。可能有電視的音量是開啟的，也能聽見實況轉播與解說的聲音。
時間所剩無幾，日本以一分差距落後。能跟強隊對戰本身已經是項壯舉，不過實況轉播的聲音或觀眾席上的熱烈氣氛，都散發出「在剩下十幾秒的時間內，沒辦法逆轉嗎」的期待。

我平常根本不關心什麼籃球，卻忍不住看下去。

身材瘦長的日本選手接到了傳球，在離籃框有點距離的地方運球。解說者用了「前YouTuber，大器晚成」、「資深老手」、「王牌」等說法。曾經以YouTuber的身分活躍過嗎？現在好像已經完全成為日本的主力選手了。既然是王牌的話，就分出個勝負吧，我任性地心想。籃球投進的話，應該有兩分，所以只要成功射中就能逆轉勝了，這種程度的事情，我還知道。

剩不到五秒了。再怎麼樣，都已成定局了嗎，當我這麼想的時候，那位選手後退一步，緊接著配合稍微往前的防守球員——他老早就預測到對方會有這個動作了嗎？——往前突破防守。防守球員晚了一步，沒跟上來。

其他防守球員一齊圍了過來，包夾他強力的運球。

他不顧一切、縱身一跳，兩個高大的外國選手卻像銅牆鐵壁一樣堵住前方。

就在我以為射籃會被阻止的瞬間，他的手腕一轉，並沒有放球。他錯開時間，瞄準眼前的兩人開始落下的時間點，輕巧地從旁邊放球。正好就在那個時候，鳴笛響起。

在那一瞬間，我還不知道發生了什麼事。

「啊」就在我心裡這麼想的時候，球穿過籃網。甚至好像能聽到「唰」那一聲痛快的聲音。球場上的所有日本選手全都高舉雙手，踏響地球似地跳躍。

實況轉播者不知道在喊些什麼。

哇，我緊握拳頭。

一抬頭，看見媽媽也說：「好厲害喔。」她聲音都分岔了，還做出類似喊萬歲的姿勢。

射籃得分，日本第一大功臣，剩下零秒逆轉，電視溢出叫嚷聲。

我是後來，才發現店員的眼眶泛紅。他緊盯電視畫面，淚眼汪汪。

「你怎麼啦，店員先生？雖然很感動沒錯啦，你是籃球迷嗎？」媽媽一問，店員隨即搖頭。

「啊，那是認識的人有出場之類的囉？」

媽媽這麼一問，他這次則是以數倍力道否認。他搖著手說：「不是的，我不認識。」那說法，讓人覺得「你不是都幾乎抽抽搭搭地在啜泣了嗎」。

那拚命的模樣，簡直就像是被人知道認識的話，會給對方添麻煩一樣。

店員的目光回到塞滿自己手寫字的手冊上，像是拚命在找應該介紹的電視。

只是途中，數度擦拭雙眼，彷彿在說服自己似地點頭。「這樣很好」、「太好了呢」，感覺像這樣細細咀嚼著內心的情緒。

「怎麼回事啊？為什麼會哭成這樣呢？」

結果，其他店員從旁衝了過來，怎麼了呢，一邊望向我們。媽媽聳肩說：

「這位店員先生突然之間就哭了。」

是身體不舒服嗎？年輕店員好像很擔心地詢問，然後再次面對我們說：「真的很抱歉，他是個非常老實的好人。」同時向我們低下頭。

「沒事啦、沒事啦。」媽媽笑了。「剛剛那台電視，就買了吧。價錢那樣就行。」

「欸！」店員與我同時出聲。

「看到了一場好比賽的結尾，我也喜歡老實人。」

店員望向持續轉播籃球的電視畫面一眼，然後慌忙低下頭。

後記

在幾個短篇中，都有一位叫做「磯憲」的老師登場，這個姓氏取自我小四開始三年的導師——磯崎老師的姓氏。當時還是菜鳥的磯崎老師，現在回想起來，也用自己的方式在嘗試錯誤中學習吧，除了念書之外，還教導我們很多其他重要的事情。我大概六年前與老師重逢，在那之後也感覺持續從老師身上學到重要的事情，而且難得要書寫以小學生為主角的短篇故事，因為這樣才想讓老師在書中登場。

我以前一直都覺得，要書寫以少年或少女、孩子為主角的小說很困難。現在也這麼覺得。如果孩子成為敘事者，由於年齡的影響，能運用的用字遣詞與口語表現也會大幅減少，就算我沒有那個意思，也可能被認為是寫給孩子看的書。要是讀者是被懷舊故事、帶有教訓意味的故事，或華而不實的內容所吸引，我會覺得很落寞，話雖如此，寫成事後餘韻不舒服的故事，又感覺太膚淺。

如何才能寫出，只有我才寫得出來的少年小說呢？為了不讓住在我心中的夢想家與現實主義者感到失望，煩惱東、煩惱西，苦思到最後的結果，就完成了這五部短篇故事。

我雖然無法客觀評價自己的作品，但是感覺本書是我出道二十年來，始終投入這份工作的一項成果。

【參考文獻】

● 《為什麼會相信超自然現象?萌生主觀認定「體驗」的風險》菊池聰著／講談社

● 《四種姿勢理論讓孩子跑得飛快!運動細胞戲劇性突飛猛進!》廣戶聰一監修／日東書院本社

另外也參考了網路資訊，但是為了作品寫作已經全數粗率地簡略歸納、改變，期盼各位別將這些資訊視為實用資訊。

伊坂幸太郎集畢生功力大成的
「終極人質」事件！

白兔

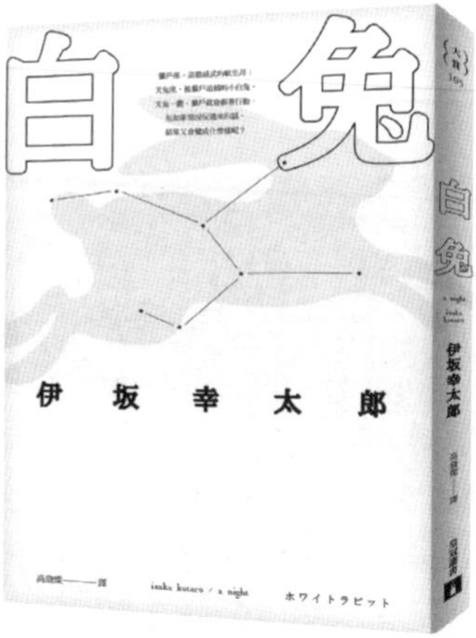

伊坂筆下人氣爆表的小偷「黑澤」再度活躍登場！
著迷度&興奮度MAX！結局完全無法預測！！

兔田加入綁票勒贖集團已有兩年之久，
沒想到因為集團顧問折尾豐捲款潛逃，
他心愛的老婆綿子反遭集團綁票，
威脅他在時限內找出折尾的下落，否則綿子性命不保。
兔田拚盡全力，好不容易終於發現了折尾的蹤跡，
並一路尾隨來到位於高級住宅區的一戶人家，
但除了一家三口外，卻完全不見折尾的身影！
時間一分一秒流逝，現場已被警方的強大火力包圍，
兔田對這一切感到無比煩躁。他的腦中再次浮現綿子的面容，
於是他舉起槍，抵住人質，準備扣下扳機……

□集滿4個印花贈品（二款任選其一）：

A：【推理謎】LOGO皮質燙銀典藏書套一個
（黑色，25開本適用，限量1000個）

B：【推理謎】吉祥物『獨角獸』圖案皮質燙金典藏書套一個
（咖啡色，25開本適用，限量1000個）

□集滿8個印花贈品（二款任選其一）：

C：【推理謎】LOGO皮質燙金證件名片夾一個
（紅色，11.5cm x 8.6cm，限量500個）

D：【推理謎】吉祥物『獨角獸』圖案環保購物袋一個
（米色，不織布材質，41.5cm x 38.6cm，限量1000個）

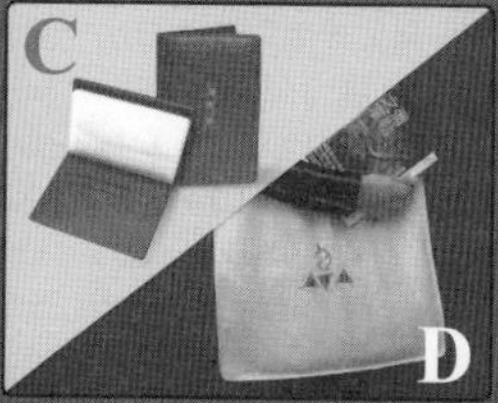

□集滿12個印花贈品（二款任選其一）：

E：【推理謎】LOGO不鏽鋼繩鑰匙圈一個
（限量500個）

F：【推理謎】吉祥物『獨角獸』圖案馬克杯一個
（白色，320cc容量，限量500個）

謎人俱樂部會不定期推出最新限量贈品提供兌換，
請密切注意活動官網和粉絲專頁。

?

【注意事項】
◎本活動僅限台灣地區讀者參加。
◎贈品兌換期限自即日起至2023年12月31日止（以郵戳為憑）。
◎贈品圖片僅供參考，所有贈品應以實物為準。
◎所有贈品數量有限，送完為止。如讀者欲兌換的贈品已送完，皇冠文化集團有權直接改換其他贈品，不另徵求同意和通知。贈品存量將定期在【謎人俱樂部】活動官網上公佈，請讀者在兌換前先行查閱或直接致電:（02）27168888分機114、303讀者服務部確認。
◎皇冠文化集團保留修改或取消謎人俱樂部活動辦法的權利。辦法如有更動，將隨時在【謎人俱樂部】活動官網上公佈。

國家圖書館出版品預行編目資料

反蘇格拉底／伊坂幸太郎著；鄭曉蘭譯. -- 初版. -- 臺北市：皇冠, 2021.9　面；公分. --（皇冠叢書；第4966種)(大賞；129)

譯自：逆ソクラテス
ISBN 978-957-33-3776-8（平裝）

861.57　　110012478

皇冠叢書第4966種
大賞｜129

反蘇格拉底
逆ソクラテス

作　　者—伊坂幸太郎
譯　　者—鄭曉蘭
發 行 人—平雲
出版發行—皇冠文化出版有限公司
台北市敦化北路120巷50號
電話◎02-27168888
郵撥帳號◎15261516號
皇冠出版社(香港)有限公司
香港銅鑼灣道180號百樂商業中心
19字樓1903室
電話◎2529-1778　傳真◎2527-0904
總 編 輯—許婷婷
責任編輯—蔡維鋼
美術設計—單宇
著作完成日期—2020年
初版一刷日期—2021年9月
初版二刷日期—2021年11月
法律顧問—王惠光律師

讀者服務傳真專線◎02-27150507
電腦編號◎506129
ISBN◎978-957-33-3776-8
Printed in Taiwan
本書定價◎新台幣380元/港幣127元

謎人俱樂部贈品兌換卡

我要選擇以下贈品（須符合印花數量）：☐A ☐B ☐C ☐D ☐E ☐F

1	2	3	4
5	6	7	8
9	10	11	12

【個人資料蒐集、利用及處理同意條款】

您所填寫的個人資料，依個人資料保護法之規定，皇冠文化集團將對您的個人資料予以保密，並採取必要之安全措施以免資料外洩。您對於您的個人資料可隨時查詢、補充、更正，並得要求將您的個人資料刪除或停止使用。

本人同意皇冠文化集團得使用以下本人之個人資料建立該集團旗下各事業單位之讀者資料庫，做為寄送出版或活動相關資訊、相關廣告，以及與本人連繫之用。本人並同意皇冠文化集團可依據本人之個人資料做成讀者統計資料，在不涉及揭露本人之個人資料下，皇冠文化集團可就該統計資料進行合法地使用以及公布。

☐同意　☐不同意

我的基本資料

姓名：＿＿＿＿＿＿＿＿

出生：＿＿＿＿年＿＿＿＿月＿＿＿＿日　性別：☐男 ☐女

職業：☐學生 ☐軍公教 ☐工 ☐商 ☐服務業

☐家管 ☐自由業 ☐其他＿＿＿＿＿＿＿＿

地址：☐☐☐☐☐＿＿＿＿＿＿＿＿

電話：（家）＿＿＿＿＿＿＿＿（公司）＿＿＿＿＿＿＿＿

手機：＿＿＿＿＿＿＿＿

e-mail：＿＿＿＿＿＿＿＿

我對【反蘇格拉底】的建議：

寄件人：

地址：□□□□□

北區郵政管理局登
記證北台字1648號
免 貼 郵 票

（限國內讀者使用）

10547

台北市敦化北路120巷50號

皇冠文化出版有限公司　收